W0266202

**Blödheit bei der Arbeit oder wie ich durchs Berufsleben ging und immer noch gehe!**

Wäre es nicht so traurig, würde ich in der Ecke liegen und lachen.
Warum?
Na ja, über die steigende Blödheit der Menschen und insbesondere meine Blödheit.
Kennst du das, du tust etwas und im Nachhinein merkst du wie Hirnrissig das war, was du gemacht hast?
Meine Tochter wollte einen Zusatztag frei und dafür gab es bei uns auf der Arbeit ein extra Formular.
Dort sollte man natürlich den Tag, sprich das Datum an dem man Frei haben wollte eintragen, das Ganze dann Unterschreiben und per Fax, ja per Fax was anderes gab es damals noch nicht, zum Disponent faxen. Soweit so gut. Auf dem Formular stand unten am Rand, Kopie bitte zum Betriebsrat faxen. Meine Tochter füllte das Formular aus legte es auf das Faxgerät und schickte es zu unserem Personaldisponenten. Soweit hatte Sandra alles richtig gemacht. Dann jedoch nahm sie das Formular legte es nochmals auf das Faxgerät und machte eine Kopie. Das Originalformular legte sie dann zur Seite nahm die Kopie legte sie nochmals auf das Faxgerät und faxte die Kopie zum Betriebsrat.
Ich schaute Sandra Fassungslos an und fragte sie was sie gerade eben gemacht hat.
„Ich habe eine Kopie zum Betriebsrat gefaxt, warum?"
„Nicht dein Ernst!"
Meine Tochter richtete ihren Blick auf die zwei Formulare die nun vor ihr lagen und es dauerte einen Moment bis ihr die Idiotie ihrer Handlung bewusst wurde.
Beide brachen wir in schallendes Gelächter aus.

So kann es gehen!
Ich denke jeder kennt solche Situationen, in denen man sich bei verschiedenen Handlungen im Nachhinein erst einmal schämen würde doch rückwirkend betrachtet lachen muss.

Bei mir, meiner Familie und Freunden gibt es viele solcher Situationen.
Warnung an meine Familie und Freunde gleich vorweg, euch trifft es in diesem Buch auch. Aber bitte nehmt es mir nicht übel, habe euch alle Lieb.

Ende der achtziger Jahre habe ich in einem kleinen Betrieb gearbeitet, dort wurden feuerfeste Materialien (Mörtelpulver usw.) abgepackt und für den Versand fertig gemacht. Ich freute mich damals riesig als meine ehemalige Schulfreundin sich bei uns bewarb und kurz danach bei uns anfing.
Katja, so hieß und heißt sie noch heute, kam an ihrem ersten Arbeitstag schön geschminkt zur Arbeit. Sie wusste wahrscheinlich vorher nicht was sie erwartete…
Grins.
Bei uns wurde noch per Hand abgefüllt und es staubte, und zwar nicht nur ein bisschen, sondern richtig. Ich musste jeden Tag nach dem Arbeiten die Haare waschen, nur damit du so ein ungefähres Gefühl bekommst von was ich rede.
Na ja, Katja kommt geschminkt und sieht nach dem Arbeitstag aus, als hätte sie eine Schicht Zement im Gesicht. Am nächsten Tag, welch Wunder, kam sie dann ohne Make up zur Arbeit. Ich versteh gar nicht warum?
Katja und ich hatten viel Spaß auf der Arbeit, wir scherzten und lachten viel. Nur einmal gab es eine Situation über die ich erst heute lachen kann.
Katja und ich stehen an dem Abfülltrichter, eine von uns füllte ab die andere wog die Tüten. Immer wenn eine 1 Kilo Tüten fertig war, musste man dreißig Tüten in einen Karton packen. Die Kartons wurden dann auf einer Europalette gestapelt. Immer vier lagen auf einer Palette, das waren insgesamt vierhundertachtzig Kilo Material, wenn die Palette voll war.
Wenn es denn soweit war, musste man die Palette mit dem Hubwagen, auch bekannt als Ameise, raus fahren. An diesem Tag hatte ich Katja erzählt das meine Tage noch nicht da waren und da ich nicht verhütete es sein könnte das ich Schwanger war.

Unsere Palette war voll und ich schob die Ameise darunter, pumpte die Palette hoch und begann zu ziehen. Plötzlich kam Katja angerannt und wollte mir helfen die Palette rauszuschieben. Soweit so gut, ich wollte mir einen Spaß machen und senkte die Palette ab. Die Idee war Katja einfach eine unverrückbare Palette drücken zu lassen.
Das Blöde war eben nur das sie zu nah an der Palette stand und ich ihr die Palette auf die Fußzehe stellte. Ich schaute Katja an und grinste, bis zu dem Punkt als ich begriff das ihre großen Augen nicht vom drücken kamen sondern vom Schmerz.
Schnell pumpte ich die Ameise hoch, zu schnell, das Ding funktionierte nicht richtig und ging etwas hoch nur um dann gleich wieder runterzugehen. Und nochmal auf Katjas Fußzeh.
Ihre Augen wurden noch ein Stück größer. Beim zweiten Anlauf schaffte ich es dann und zog die Palette schnell weg. Katja sprang daraufhin wie ein Rumpelstilzchen auf einen Bein im Kreis. Echt Leute, sie tat mir so leid.
Ich brachte sie in unser Firmenklo, wo sie den Schuh auszog und wir ihre Zehen gleich mit kalten nassen Klopapierfetzen kühlten.
Heute, Jahrzehnte später, sagt Katja ihre Zehnägel wären immer noch schwarz, allerdings lachen wir beide heute über den Vorfall. Tut scheinbar nicht mehr weh.
Wenn ich mir die Bilder von Katjas Gesicht bei der Palettengeschichte in Erinnerung rufe muss ich sagen das sie damals so große Augen gemacht hatte wie der Charming Bär beim drücken nach drei Wochen Verstopfung.
Wir arbeiteten noch knapp ein halbes Jahr zusammen, dann suchte ich mir etwas anderes.

Ach, bevor ich mir etwas anderes suchte und den Betrieb verließ bekam ich noch einen Anschiss der sich gewaschen hatte, nicht von Katja sondern von meinem Chef.
Und dabei habe ich doch nichts gemacht!
Meine Aufgabe war es einen Kamin aus schwarzem Metall vom Staub zu befreien. Dazu bekam ich Terpentin, eine Metallschüssel und ein Tuch. Ich sollte den Kamin mit dem

Terpentin abreiben. Der Kamin wurde dazu extra auf dem Firmengelände ins Freie gestellt.
Es war ein herrlicher Sommertag, die Temperaturen lagen so an die dreißig Grad und die Sonne lachte.
Ich setzte mich auf den Boden vor den Kamin, steckte mir eine Zigarette an, füllte Terpentin in die Schüssel und tauchte das Tuch hinein. Anschließend drehte ich das Tuch aus und begann den Kamin abzureiben. Für mich war die Welt in Ordnung, bis zu dem Moment als mein Chef um die Ecke kam und mich beim Arbeiten mit der Kippe zwischen den Lippen sah.
Ich nickte ihm freundlich zu und bemerkte dabei seinen ungläubigen Blick.
Er holte tief Luft und brüllte mich voll an.
„Bisscht du wahnsinnisch? Mach sofort die Kippe aus!"
Ich verstand gar nicht was er wollte, rauchen während der Arbeit war bei uns doch erlaubt?
Da ich jedoch eine gehorsame Mitarbeiterin war, warf ich die Kippe weg.
Ich verstand immer noch nicht was er für ein Problem hatte.
„Die brennt wohl die Hutschnur! Terpentin und rauchen, man du hättest damit in die Luft gehen können."
Ich schaute ihn ratlos an und verstand nicht was er wollte.
Mein Chef kam zu mir nahm die Dose mit dem Terpentin, drehte sie um und zeigte mir das Warnzeichen stark entzündlich.
„Oh, das war mir nicht bewusst", war das einzige was mir dazu einfiel.
Mein Chef stellte die Dose wieder hin, schüttelte den Kopf und ging wieder zurück in den Betrieb.
Ich schaute ihm nach bis er in der Halle verschwunden war und drehte meinen Kopf.
Meine Kippe lag immer qualmend hinter mir.
Die Zeit in dieser Firma war trotz alledem nicht schlecht, doch irgendwann war es für mich Zeit mal was anderes auszuprobieren.

Da ich schon immer gerne Autofahre lag es für mich nah mir einen Job als Fahrerin zu suchen. Leicht war es nicht, ich hatte zwar den Führerschein doch noch nicht so lange.

Irgendwann hatte ich das Glück und fand eine Stelle als Fahrer bei einem Subunternehmer der für den Deutschen Paket Dienst, besser bekannt als DPD, arbeitete.
Mein Chef und dessen Tochter hatten entweder Personalnot oder großes Vertrauen in meine Fahrkünste und stellten mich ein.
Ich bekam von ihnen einen Transporter gestellt und bekam von der Tochter fünf Tage Einweisung. Die Zeit war richtig lustig, wir verstanden uns gut und lachten viel.
Dann kam der Tag an dem ich das erste Mal alleine auf Tour gehen sollte, na ja aufgeregt war ich ehrlich gesagt nicht.
Morgens sortierte ich die Pakete und lud sie für meine Tour ins Auto. Anschließend druckte ich meine Paketliste aus (es gab noch keine Scanner) und ab ins Auto. Während der Beladung standen die Autos von uns Fahrern in einer großen Halle auf einem riesigen Firmengelände. Startklar fuhr ich vorsichtig aus der Halle. Um das Gelände zu verlassen, musste man über quer über den ganzen Hof fahren. Auf dem Hof waren nicht nur die Pakettransporter, sondern auch jede Menge kleinere und größere LKWs unterwegs. Ich saß stolz im Transporter fuhr über den Hof und schaue nur mal ganz kurz, wirklich nur ganz kurz, auf meine Zustellliste die auf dem Beifahrersitz lag. Und was soll ich sagen? Als ich wieder hoch blickte war da plötzlich ein kleiner LKW der von rechts kam. Ja, ich versuchte noch zu bremsen, doch zu spät. Ich rammt den LKW längsseits und kam, wie überraschend, abrupt zum Stehen.
Irgendjemand hatte das gesehen und informierte meinen Chef der auch sofort zur Stelle war.
Ich stieg etwas benommen aus meinem Transporter und ging auf den Fahrer des LKWs zu und sagte ganz frech zu dem Fahrer:
„He hier ist rechts vor links! Kannst du nicht aufpassen?“
Mein Chef und der Fahrer schauten sich an und blickten anschließend in die Richtung aus der der LKW gekommen war und schauten dann mich an.
„Du hast wohl eine rechts links schwäche, hä?“
Da hatte der Fahrer nicht ganz unrecht, er kam nämlich von rechts und ich von links. Man war mir das peinlich!

Mein Chef nahm es mit Humor, das Auto war ja versichert und so viel kostete ein Kotflügel, eine Stoßstange und eine Motorhaube bei einem Mercedes Sprinter ja nicht, oder?
Zum Glück hatte ich den Job nicht gleich verloren und so habt ihr das Vergnügen noch ein bisschen mehr über meine Blödheit als Fahrerin zu erfahren.
Es ging sogar erst mal eine ganze Zeitlang alles gut, ich fand alle Straßen und schaffte es immer alle Pakete taggleich zuzustellen.
Es war damals Mai als ich angefangen hatte, mittlerweile war es Juli und richtig heiß. Was bitte gibt es bei hohen Temperaturen besseres als sich unter Mittag mit einem großen Spagettieis innerlich abzukühlen?
Ich hatte meine Zustellung beendet und bis meine Abholtour startete hatte ich noch ungefähr eine halbe Stunde Zeit. Also ab zum Eisgeschäft, Spagetti Becher bestellt und die frage nach dem einpacken des Eises verneint. Mit dem Becher in der Hand ging es zurück ins Auto.
Den Becher hatte ich neben mich auf den Beifahrersitz gestellt, das Auto gestartet und fuhr los Richtung Bahnhof in Saulheim. Dort gab es Parkplätze unter Bäumen die Schatten spendeten.
Gerade als ich abbog sah ich aus dem Augenwinkel wie der Eisbecher neben mir langsam umkippte. Ich versuchte noch ihn zu halten, doch zu spät. Das Eis landete auf dem Sitz und auf meiner Hand. Ich fuhr schnell auf den nächst besten Parkplatz und voller Zorn schnappte ich mit zwei Händen das Eis welches sich auf dem Beifahrersitz verteilt hatte und klatschte es zurück in den Becher.
Erst dann fragte ich mich wie ich jetzt meine Hände sauber machen sollte. Wie ein Vollpfosten saß ich nun im Transporter, beide Hände klebten und triften vom Eis.
Mir blieb nichts anderes übrig als mit den versifften Händen zu meinem ersten Abholkunden zu fahren um mir dort zumindest die Hände zu waschen.
Ehrlicherweise muss ich gestehen das ich meine Lektion gelernt hatte, die nächsten Eisbecher ließ ich mir immer einpacken.

Das war jedoch noch nicht das einzige was mir in meinem gefühlt langen Berufsleben passiert ist, deshalb machen wir doch gleich in Saulheim weiter.
Als ich als Kurierfahrer beim DPD angefangen habe, hatte ich, wie bereits eingangs erwähnt, noch nicht allzu lange den Führerschein und somit noch nicht viel Erfahrung.
Ich wollte meinen Abholkunden anfahren und überlegte mir den Transporter gleich zu wenden. Da ich jedoch keine Lust hatte bis zum Ende der Straße zu fahren fuhr ich einfach in eine abschüssige Garageneinfahrt. Es war ja eine Doppelgarage und somit hatte ich genug Platz.
Ich also rein bzw. runter in die Einfahrt, Rückwärtsgang rein, Handbremse angezogen, Fuß auf der Bremse. Kupplung langsam kommen lassen Fuß von der Bremse, ich hatte ja noch die Handbremse angezogen. Mein Ziel war es Rückwärts hochzufahren.
So dachte ich es zumindest!
Die Handbremse zog aber nicht richtig und das Gewicht meiner bisherigen Zuladung tat sein übriges und so fuhr ich nicht Rückwärts hoch sondern rollte noch ein Stück weiter vor in Richtung Garagentor.
Erschrocken trat ich wieder auf das Bremspedal und kam ungefähr fünfzig Zentimeter vor der Garagenwand zum Stehen.
Nun begann ich zu schwitzen, war aber noch ganz ruhig. Ich wiederholte den Vorgang und es lief wie beim ersten Mal, nur das der Abstand zwischen mir und der Wand nur noch zwanzig Zentimeter betrug.
Plötzlich stand auch noch eine alte Frau neben meiner Fahrertür und schaute mich ziemlich Böse an. Ich machte das Fenster runter und sie legte sofort los.
„Warum fahren sie in meine Einfahrt, was soll das. Fahren sie sofort raus. Sie machen mir meine Wand kaputt."
Ich schwitzte und mir schlockerten die Beine. Ich glaube ich war auch mittlerweile so weiß wie die Garagenwand.
„Ich kann nicht und machen sie sich um ihre Wand keine Gedanken, ich bin versichert! Können sie mal nebenan in die Firma gehen und mir einen der Mitarbeiter holen?", flehte ich mit weinerlicher Stimme. Ich hätte tatsächlich am

liebsten geheult. Zum Glück hörte die Alte auf zu meckern und ging in die Firma.
Es kamen mir vor wie eine Ewigkeit bis endlich jemand kam. Allerdings kamen gleich drei der Angestellte und gemeinsam überlegten was wir jetzt machen sollten.
Ich fragte allen Ernstes ob jemand zu mir in den Transporter steigen und sich bei mir auf den Schoß setzten könnte, er könnte ja dann Gas geben während ich die Kupplung kommen lassen würde.
He, lach nicht ich war verzweifelt!
Zum Glück ging niemand auf meinen Vorschlag ein.
Denn ehrlich gesagt weiß ich nicht ob das Funktioniert hätte.
Durch das treten der Bremse, vom Gefühl her trat ich das Bremspedal bald bis zum Unterbodenblech durch, zitterte mein Bein immer mehr.
Dann hatte einer der Angestellten die Idee ein Seil zu holen und mich mit einem anderen Transporter rauszuziehen. Es klappte auch tatsächlich und ihr könnt euch meine Erleichterung nicht vorstellen.
Ich brauchte danach erst einmal zwei Zigaretten und viel gutes Zureden bis ich wieder soweit war Auto zu fahren.
Da ich jeden Tag zu der Firma musste um Pakete zu holen, schaute ich noch ein paarmal in die Einfahrt und bekam dabei immer Schweißausbrüche. Heute kann ich darüber lachen, doch damals auf keinen Fall.
Jeder der arbeitet erlebt so manche Situation über die man in nachhinein nur den Kopfschütteln kann.
Deshalb gleich weiter im Takt.

Wer auf Zustellung ist kennt das Problem mit „dem“ menschlichen Bedürfnis nur zu gut.
Na ja, als Mann geht es ja noch, doch als weibliches Wesen sieht die Sache schon ganz anders aus.
Es war ein saukalter Wintertag, ich hatte die Hälfte meiner Tour hinter mir. Mittlerweile war ich vom Deutschen Paket Dienst zur Deutschen Post gewechselt und stellte jetzt Briefe und Pakete zu.
Als sich meine Blase bemerkbar machte ignorierte ich es erst einmal bis es fast nicht mehr ging. Dann befand ich

mich in der Nähe eines Altersheim und da bot es sich ja an dort zu fragen ob ich mal ihr stilles Örtchen aufsuchen konnte.
Ich also rein an den Empfang und fragte.
Die Dame erlaubte es mir und zeigte mir mit dem Finger den Weg zur Toilette. Ich rein in die Toilette um dann festzustellen das meine Finger so kalt waren das ich selbst den Hosenknopf nicht aufbekam. Jetzt musste ich aber so dringend das ich unmöglich warten konnte bis ich wieder Gefühl in den Fingern bekam.
Kurzerhand raus aus der Toilette und an den Empfang zurück.
Die Dame blickte auf und man sah die Überraschung in ihrem Gesicht, sie dachte ja das ich schon fertig bin.
(Ich hätte wahrscheinlich auch so geschaut oder kennt ihr jemand der innerhalb von dreißig Sekunden Pinkeln kann, so mit Hose runter und hoch?)
„Entschuldigung, würden sie mir vielleicht die Hose aufmachen?“
Das Gesicht der Dame vergesse ich bis heute nicht.
Ich hob die Hände, die fast blau vor kälte waren und sie verstand.
Sie kam zu mir und öffnete mir den Hosenknopf, ich bedankte mich und flüchtete in die Toilette. Nachdem ich mich im wahrsten Sinne des Wortes erleichtert hatte und die Toilette wieder verließ, bedankte ich mich nochmals bei der Dame für ihre Hilfe.
Sie lächelte und meinte:
„Das mach ich öfter, doch bisher noch nicht bei so jungen Menschen.“
Das war jedoch noch nicht das schlimmste oder peinlichste in Punkto menschliches Bedürfnis.
Ich war in Groß-Rohrheim unterwegs als es mal wieder soweit war. Nichts gelernt aus der Tatsache das man am besten gleich gehen sollte, wartete ich wieder bis zum letzten Drücker.
Als Zustellerin ist man immer froh wenn man ein Altersheim, Ärzte oder ähnliches in der Tour hat, dort darf man immer gehen.

Anders wie bei manchem privaten Kunden den ich im Laufe der Jahre gefragt habe ob ich mal ihre Toilette benutzen kann.
Ich also rein ins Altersheim, kurz gefragt und den Weg gezeigt bekommen. Rein in die Kabine (war ziemlich eng), Hose runter in Position gebracht und losgelegt……
Bis ich merkte das was nicht stimmte war es zu spät. Der Klodeckel war nicht oben und da ich mich nie auf fremde Toiletten setze habe ich es nicht bemerkt. Da ich jedoch so einen Druck auf der Blase hatte konnte ich nicht aufhören.
Als ich fertig war schwamm das Klo förmlich.
Schnell Hose hoch und mit Klopapier die Sauerei weg gemacht. Zum Glück hing da eine Ersatzrolle, denn die brauchte ich auch. Als ich fertig war sah man zum Glück nichts mehr aber das Toilettenpapier war leer.
Da ich ja ein Mensch bin der auch an andere denkt habe ich der Dame vom Empfang bescheid gesagt das das Papier leer ist.
Sie schaute mich komisch an und meinte:
„Seltsam ich habe heute Morgen doch extra aufgefüllt."
Ich zuckte mit der Schulter und machte das ich davon kam.
Dort bin ich zum Pinkeln nicht mehr hin!

Bei der Post haben wir verschieden Vorgesetzte. Es beginnt mit dem Zustellstützpunktleiter/in dann kommt der Abteilungsleiter und zu guter Letzt der Niederlassungsleiter.
Wir bekamen durch Gebietsverschiebungen einen neuen Niederlassungsleiter und neue Abteilungsleiter. Ich muss gestehen, die neuen Vorgesetzte waren die ersten Vorgesetzten die richtig in Ordnung waren. Nicht das die anderen es nicht waren, doch die Neuen hatten eine große Portion Menschlichkeit und Humor. Zum Glück.
Nun ist es so dass man mit dem Niederlassungsleiter und den Abteilungsleitern nicht wirklich viel zu tun hatte und sie vielleicht ein oder zweimal im Jahr sah.
Mein Niederlassungsleiter war ein paar Zentimeter kleiner als ich und seine Haare waren damals schon grau, aber nicht so ein alte Leute grau, sondern ein schönes modernes grau.
Der Abteilungsleiter der auch die Vertretung vom

Niederlassungsleiter war hatte eine große Ähnlichkeit mit ihm. Sie waren gleich groß und hatten dieselbe Haarfarbe. Eines schönes Tages fuhr ich spät nachmittags an die Tankstelle und mir fiel sofort der BMW SUV auf. Ich schaute auf das Kennzeichen und wusste dadurch das das Auto ein Geschäftswagen unseres Unternehmen war. Ich war mir sogar zu hundert Prozent sicher, dass es das Fahrzeug unseres Niederlassungsleiter war. Der fuhr nämlich so einen. Natürlich hielt ich Ausschau nach ihm, ich stand allerdings so dass ich selbst nicht gesehen werden konnte.
Dann kam er aus der Tankstelle und ging zu dem Wagen, es war aber nicht der Niederlassungsleiter sondern sein ähnlich aussehender Abteilungsleiter. Ich sah wie er in den Wagen stieg und dachte darüber nach.
Ich komme, wenn ich zu viel nachdenke auf die blödesten Gedanken so auch diesmal, denn für mich stand fest:
Wenn der Abteilungsleiter das Auto vom Niederlassungsleiter fuhr so waren sie zusammen und somit schwul. Als beweis diente auch noch die große Ähnlichkeit, oder?
Zum Glück äußerte ich meinen Verdacht nicht bei meinen Kollegen, sonst hätte ich meine Chefs ziemlich in Verruf gebracht. Ich trug mein vermeintliches Wissen ein paar Wochen mit mir rum, bis ich mich traute meinen Zustellstützpunktleiter unter vier Augen danach zu fragen. Er lachte mich aus und erklärte mir dass es tatsächlich das Auto des NL war, der aber ein neues bekommen hatte und der BMW an den Abteilungsleiter weiterging. Bin ich froh das ich einmal im Leben meinen Mund gehalten hatte, denn hätte ich das herum posaunt wäre das Mega peinlich geworden.
Eine Aktion ist dann jedoch für mich und meinen ZSP – Leiter extrem unangenehm geworden!
Zu dem Zeitpunkt hatte meine Tochter bei mir im Betrieb gearbeitet, als ganz normale Zustellerin. Ich war zu dem Zeitpunkt Teamleiterin. Mein damaliger Chef und ich verstanden uns super und er hatte genauso einen skurrilen Humor wie ich.

Wir wollten uns einen Scherz mit meiner Tochter erlauben und überlegten ihr eine gefakte Abmahnung zu erteilen.
Begründung:

1. Weil sie mir als ihre Mutter und Vorgesetzte kein Frühstück mitbrachte.
2. Weil sie mir statt Gesundheit, wenn ich nieste, Verstand wünschte mit der Begründung gesund sei ich ja.
3. Weil sie sich weigerte mir und meiner Teamleiterkollegin Beate Pakete mitzunehmen. (dazu muss ich sagen das dies nie nötig gewesen wäre, da wir immer schneller waren als meine Tochter)

Soweit so gut, ein paar Tage später kam mein Chef und zwinkerte mir zu. Ich wusste gleich das heute unser lustiger Tag war.
Also rief ich meine Tochter, mein Chef stand mit ernstem Gesicht bereits neben mir als meine Tochter angetrabt kam. Mein Chef überreichte ihr den Umschlag in dem sich die Abmahnung befand und ließ sich den erhalt quittieren. Gespannt beobachtete mein Chef und ich die Reaktion meiner Tochter.
Sie riss den Brief mit zitternden Händen auf, da wusste oder ahnte ich bereits das der Schuss nach hinten los ging. Meine Tochter las die erste Zeile in der schon das Wort **Abmahnung** stand und schon begann sie zu weinen. Betroffen schauten wir meine Tochter Sandra an, dann nahm ich meine Tochter in den Arm und bat sie schnell weiterzulesen. Erst als sie die Abmahnung durchgelesen hatte, dämmerte ihr das wir sie verarschen wollten. Sie wischte sich die Tränen von den Wangen, schaute uns vorwurfsvoll an und meinte:
„Ihr seid doof!“
Es dauerte noch eine ganze Zeitlang bis sie sich wieder gefangen hatte.
Heute kann sie über die Abmahnung lachen, noch mehr lacht sie allerdings über unsere betroffenen Gesichter.
Tja, so kann es gehen.

Wenn wir schon bei Pannen im Zusammenhang mit Chefs sind, kann ich euch mein nächstes Erlebnis nicht vorenthalten.
Es war ende der achtziger Jahre, ich drückte noch die Schulbank (nicht das ihr jetzt denkt ich hätte Abi oder so, nein ich drehte zwei Ehrenrunden weil ich meistens an der Schule vorbei ging anstatt sie zu besuchen). Ich wohnte bereits bei meinem Freund, der übrigens heute mein Ehemann ist. Es gab damals noch kein Handy sondern die Telefone mit Wählscheibe und Kabel, da war nix mit rumlaufen beim Telefonieren. Es klingelte und ich war mir sicher dass es meine Schwägerin war. Ich hob den Hörer ab und meldete mich:
„Bestattungsinstitut Müller, bei uns liegen sie richtig."
Dumm war nur das es nicht meine Schwägerin war sondern der Chef meines Mannes, man war das Peinlich. Zum Glück überspielte er die Situation und wollte einfach nur meinen Mann sprechen. Seit dieser Zeit meldete ich mich nur noch mit meinen Namen oder einem einfachen hallo.
Ach, da fallen mir gleich noch drei Situationen in Punkto Arbeit und Telefon ein, die ich euch unbedingt erzählen muss.
Da ich als Teamleiterin trotzdem auf Zustellung musste und die Zustellung an sich etwas langweilig ist hatte ich mir ein Headset gekauft und telefonierte während der Arbeit mit meiner Tochter Sandra, meiner Kollegin Beate und einem Kollegen. Ja, mit allen zeitgleich und ja es funktionierte. Wir machten ja alle dieselbe Arbeit nur eben in unterschiedlichen Gebieten. Die Kundschaft kannte das von mir ja schon und wunderte sich auch nicht mehr dass ich die ganze Zeit am Quatschen war.
Obwohl, einmal war ich in Gundersheim am zustellen und während ich einer Kundin (ich schätze sie war bereits über achtzig Jahre alt) ihr Paket übergab telefonierte ich nicht bzw. ich redete nur mit der Kundin. Als ich fertig war ging ich an meinen Zustellbus zurück, der stand ungefähr ein bis zwei Meter von der Haustür der Kundin entfernt und öffnete den Kofferraumdeckel um die nächsten Pakete zu sortieren. Da ich meinte das die Kundin wieder in ihrem Haus war

redete ich mit meinem Gesprächspartner der am anderen Ende der Leitung war weiter.
Ich hatte damals schulterlanges lockiges Haar und einen kleinen Knopf zum telefonieren im Ohr. Ich war am Quatschen als plötzlich die Kundin zurückkam. Sie schaute mich an und legte mir die Hand auf die Schulter und sagte: „Gel Mädchen, du redest auch immer mit dir selbst?"
Ich schaute die Frau an und sah das sie das gesagte ernst meinte und nickte nur. Sie schenkte mir ein lächeln und ging wieder in ihr Haus. Ich gehe davon aus das die Dame allein lebte und mit sich selbst sprach, vielleicht kam ihr das bis dahin selbst seltsam vor und vielleicht dachte sie ab dem Moment das sie mit ihrer Macke nicht alleine war und fühlte sich dadurch besser.
Wer weiß?
Bei meinem nächsten Erlebnis muss ich euch eine Kleinigkeit erklären. Es ist so dass wir bei der Post mit sogenannten Handscanner arbeiten, allerdings ist es in der Vergangenheit auch mal vorgekommen das das System nicht ganz rund lief und da konnte man auf Handlisten ausweichen. Auf einer Handliste trägt man die Paketnummer und den Namen des Empfängers ein. Bei der Zustellung lässt man den Empfänger unterschreiben und hat dann mehrere Felder zum Ankreuzen, wer das Paket entgegen genommen hat. Da gibt es als erstes den Empfänger, dann Ehegatte oder Familienangehöriger gefolgt von anderer anwesender Person, Bevollmächtigter und Briefkasten.
Ja Briefkasten, dass kreuzt man an wenn das Paket klein ist und über den Briefkasten zugestellt werden kann.
Eines Tages rief mich unser Qualitätsmanager an und fragte ob ich vor zwei Tagen eine Handliste benutzt hätte. Mein Nachname stände oben auf der Liste. Ich verneinte und fragte warum. Daraufhin meinte er die wäre nicht richtig ausgefüllt, es wäre als Annehmer Empfänger angekreuzt und im Unterschriftsfeld stände Briefkasten. Ich grinste, da ich wusste das hier ein kleiner Fehler vorlag, denn eigentlich hätte das Kreuz beim Briefkasten sein müssen. Da ich meine Tochter in einer anderen Leitung im Hintergrund hatte bot ich an sie dazu zu nehmen.

Ein Tastendruck und wir waren zu dritt in der Leitung.
„Hallo Sandra", sagte der Qualitätsmanager zu meiner Tochter, „sag mal wie machst du eine Briefkastenzustellung?"
Ganz ehrlich, ich konnte meine Tochter am Telefon denken hören.
Es war kurz ruhig und dann kam die Antwort!
„Nun ja, Briefkastendeckel auf Paket rein und Briefkastendeckel wieder zu. Fertig!"
Das war genau der Moment wo ich mich am liebsten vor lachen weggeschmissen hätte, denn nun konnte ich unseren Qualitätsmanager denken hören.
„Ähm, das weis ich", sagte er und man hörte den Unglauben aus seinen Worten förmlich heraus, „aber wie dokumentierst du es in der Handliste?"
Daraufhin erklärte Sandra wie sie es auf der Handliste dokumentierte, der Qualitätsmanager wiederrum erklärte Sandra dann wie es richtig war und verabschiedete sich aus der Konferenz.
Als er weg war, ich lachte immer noch, fragte ich meine Tochter was sie sich bei seiner Frage gedacht hatte.
„Na ja, ich dachte in dem Moment als Quali müsste er doch eigentlich wissen wie man eine Briefkastenzustellung macht."
Wir lachten an diesem Morgen noch sehr viel über die Situation.
Ein paar Tage später war ich am Quatschen mit meiner Kollegin Beate als ein weiterer Anruf reinkam. Ich legte Beate in die hintere Leitung und nahm den Anruf entgegen.
Es war ein jüngerer Kollege der Probleme mit dem Handscanner hatte und von mir wissen wollte wie man einen Neustart bei dem Gerät machte.
Es gab bei den Geräten damals eine spezielle Tastenkombi, kurz Affengriff genannt warum auch immer, doch ich wusste die Kombi in dem Moment nicht.
Also holte ich Beate mit in die Leitung und fragte sie direkt:
„Beate Neustart?", das ganze natürlich auf Wormserplatt.
Also hörte es sich für sie eher so an:
„Beate Neustadt."
Prompt kam die Antwort:

„Wird nicht von uns zugestellt!“
Dazu sollte ich vielleicht erwähnen das unser Gebiet von Dirmstein bis Battenberg und von Gundersheim bis Kirchheim an der Weinstraße ging. Neustadt war somit ungefähr vierzig Kilometer von unserem Gebiet entfernt. Der Kollege und ich waren erst einmal sprachlos und dann lachten wir beide.
„Du Depp, das weis ich auch“, sagte ich lachend, „Neustart beim Scanner!“
„Oh, ich habe mich schon gewundert ob du unser Gebiet nicht mehr kennst.“
Tja so kann es gehen.
Zu guter Letzt fällt mir noch eine Situation ein, die ich und meine Tochter zum kaputt lachen fanden, der Kollege den es betraf fand es allerdings nicht ganz so lustig.
Wir waren zu dritt in einer Leitung, meine Tochter ein junger Kollege und ich. Wir quasselten über Gott und die Welt, kamen vom Kuchenbacken zum Arschbacken, also alles wie immer.
Wir lachten und scherzten, bis meine Tochter und ich hörten das der Kollege bei einem Kunden klingelte. Der Kunde machte seine Tür auf und der Kollege sagte wie immer seinen Spruch.
„Guten Tag die Post, ich habe ein Paket für sie.“
Man hörte die typischen Geräusche die entstanden wenn wir ein Paket übergaben.
„Dann bekomme ich eine Unterschrift“, sagte der Kollege freundlich zu dem Kunden.
„Wohin?“, hörte ich und Sandra den Kunden fragen und wie aus einem Mund antworteten wir, „auf den Scanner du Depp.“
Ein Moment der Stille folgte.
„Auf den Scanner bitte“, hörten wir unseren Kollegen mit belegter Stimme antworten.
Dann verabschiedete er sich schnell und wir hörten wie er die Treppe regelrecht herunter rannte.
Als er aus dem Haus war schimpfte der Kollege sofort los:
„Mensch seit ihr doof. Der Kunde hat euch voll gehört! Ihr hättet mal sein Gesicht sehen sollen. Dem kamen bald die Augen aus dem Kopf.“

Ich glaube meine Tochter und ich lachten bald zehn Minuten lang. Ok, nach ein paar Minuten stimmte sogar unser Kollege ein sagte aber gleich das wenn er für den Mann mal wieder ein Paket hätte es von mir oder Sandra zugestellt werden musste.
Er würde da so schnell nicht mehr hingehen…..

Thema Reklamationen oder wie ich lernte auf alles eine Antwort zu finden!
Es ist bei uns nicht so dass sich Kunden an der Hotline beschweren und damit fertig, nein auch wenn das so manch einer denkt. Jede Reklamation wird bei uns ernst genommen!

Heute arbeite ich mittlerweile als Standortleiterin und bekomme die Reklamationen direkt über den Rechner. Ich versuche dann den Sachverhalt mit den Mitarbeitern zu klären. Oft ist es jedoch so dass nicht jede Reklamation berechtigt ist und das gebe ich dann auch so weiter.
Hier mal ein Ranking der häufigsten Reklamationsgründe:

1. Zusteller hat nicht geklingelt.

Das denken viele, doch meistens ist es nicht so. Klar gibt es bestimmt das ein oder andere schwarze Schaf. Denn, was viele nicht wissen ist, dass ein Paket zu benachrichtigen aufwendiger ist als es zu zustellen. Der Mitarbeiter muss eine Benachrichtigung ausdrucken, diese auf ein Karte kleben und dem Kunden einwerfen. Dann muss er einen weiteren Klebezettel ausdrucken und diesen wiederum auf das Paket kleben. Danach darf er das Paket wieder in das Zustellfahrzeug schleppen und es den ganzen Tag von links nach rechts schieben um an die anderen Pakete zu kommen. Wenn er dann zurück im Betrieb ist muss er das Paket oftmals noch ein ganzen Stück durch den Betrieb schleppen um es in den entsprechenden Paketbehälter zu legen und es nochmal scannen. Und jeder von uns weis dass es damit nicht getan ist, denn manchmal verlangen die Kunden eine zweite Zustellung und dann kann der Zusteller zu der entsprechenden Postagentur fahren die Sendung abholen und erneut zum Kunden bringen.
Denkt wirklich jemand das wir mit Absicht nicht klingeln?

Meine Antwort auf die Art der Reklamation:
Vielleicht war der Kunde gerade auf der Toilette oder unter der Dusche?
Oder:
Bitte Klingel überprüfen, eventuell defekt oder Aussetzer?

2. Ablageort nicht beachtet.

Ja es gibt Kunden die haben einen vereinbarten Ort an dem ihr Paket abgelegt werden darf/soll. Leider kommt es immer wieder vor das der Empfänger zum Beispiel Michaela Ehlers heißt und der Ablagevertrag aber auf Sandra Ehlers läuft und dann passiert das was die Kunden nicht verstehen, die Sendung wird bei nicht erreichen eines Empfängers, in diesem Fall Michaela Ehlers, benachrichtigt.
Was auch schon vorgekommen ist, ist das als Ablageort vor die Haustür angegeben ist und der Mitarbeiter vor einem verschlossenen Hoftor steht. Soll er etwa darüber klettern?

3. Briefe falsch eingeworfen.

Natürlich kommt es mal vor das Briefe falsch eingeworfen werden, wer frei ist von Fehlern der werfe den ersten Brief, oder so.
Was viele nicht wissen ist das wir nicht die einzigen sind die Briefe zustellen, ja es gibt noch Mitbewerber und die bauen auch Mist.
Ich habe schon so oft Briefe von Zustellern zurück bekommen die ihnen von Kunden in die Hand gedrückt wurden, dass ich sie gar nicht zählen kann.
Einmal war es sogar so das von einem der Mitbewerber zugestellte Briefe in einer blauen Mülltonne gefunden wurden.
Wenigstens hat der Mitarbeiter der Konkurrenz sie in die blaue Papiertonne zum Altpapier geworfen.
Traurig, aber wahr und dann sind es immer wir, gell!

Eine Reklamation habe ich immer noch in Erinnerung, denn da wusste ich echt nicht was ich schreiben sollte.
Die Kundin reklamierte das ihr Paket mit Scheiße beschmiert war!
Ja richtig mit Scheiße.
Ich dachte damals ich hätte mich verlesen, doch genau so stand es geschrieben. Bevor ich mit der Zustellerin darüber

reden konnte fragte ich mich was da wohl passiert war, doch egal wie sehr ich überlegte, mir fiel nichts ein.
Endlich kam die Zustellerin, ich gab ihr die ausgedruckte Reklamation und als sie sie gelesen hatte fragte ich sie was mit der Sendung passiert war.
Die Kollegin schaute mich entsetzt an und meinte:
„Gar nichts, ich habe die Sendung heute Morgen ins Auto geladen und zugestellt. Sie ist weder runtergefallen noch sonst was. Keine Ahnung was da sein soll."
Wir konnte das Mysterium des „Scheißpaketes" nicht lösen.
Meine Antwort:
„Vorfall nicht lösbar!"

Doch ich denke ich Wechsel jetzt mal das Themengebiet.

## Wie ich begann Bücher zu schreiben und berühmt werden wollte!

Ich wollte schon immer Bücher schreiben, ich lese schon immer viel und habe dazu noch viel Fantasie. Allerdings habe ich es absolut nicht mit Grammatik und der deutschen Rechtschreibung. Doch irgendwann, ich glaube es ist jetzt vier Jahre oder so her, begann ich doch zu schreiben. Immer schön mit dem Laptop und mit dem Microsoft Schreibprogramm Word.

Ja ich kann Blind schreiben mit zehn Fingern und ich schrieb damals ziemlich schnell, schneller als ich eigentlich denken konnte. Die Gedanken und Ideen kamen mir regelrecht zugeflogen, da ich jedoch hauptberuflich noch bei der Post arbeite hatte ich nicht wirklich viel Zeit zum Schreiben. Vielleicht habe ich deshalb beim schreiben so Gas gegeben.

Ich schrieb an meinem ersten Roman und während ich schrieb sah ich (so wie jetzt auch) dass manche Wörter blau und rot unterstrichen waren. Bei manchen wusste ich warum, doch ich ignorierte es erst einmal und schrieb weiter und weiter und....

Irgendwann war mein erster Roman fertig und ich sah das er insgesamt sechsundsechzigtausend Worte hatte und sechstausend Fehler! Satte zehn Prozent.

Also habe ich mich hingesetzt und die erste Stunde geschaut wo die Fehler waren. Viele wusste ich auch ohne Hilfe des Programmes, das was ich nicht wusste oder nicht sicher war half mir dann das Schreibprogramm. Tja und irgendwann langweilte es mich und ich schaltete den Fernseher ein und drückte immer nur noch auf den Mausknopf und korrigierte damit ohne hinzusehen.

Großer Fehler, sehr großer Fehler!

Als alles fertig war schickte ich meiner Tochter den Text und bat sie nochmals darüber zu schauen.

Sie versprach sich am Wochenende an die Arbeit zu machen.

Sonntagsnachmittags rief mich meine Tochter dann an und fragte ob ich beim Schreiben irgendwelche Pillen

eingeworfen hätte. Ich verstand erst einmal gar nicht was sie meinte und fragte natürlich nach.
„He da kommen Wörter drin vor die gar keinen Sinn ergeben.“
Meine Tochter gab mir dann auch einen Beispielsatz damit ich verstand was sie meinte.
*Er beschrieb noch kurz seinen Wärtergang und teilte der Mannschaft mit.....*
So ging es durch den ganzen ersten Roman. Immer wenn meine Tochter in den folgenden Tagen anrief zog ich sofort den Kopf ein.
Ein Thema war auch meine Komma Setzung.
Hier kurz das Gespräch zwischen mir und meiner Tochter:
„Hallo Mama, sag mal hast du was mit Kommas?“
„Hä?“
„Du hast einen Satz der insgesamt siebzehn Kommas enthält!“
„Ähm....also eine meiner Chefinnen meinte mal zu mir es macht Sinn in längeren Sätze Kommas zu verwenden.“
„Ja, da hat sie nicht ganz unrecht, aber siebzehn Stück in einem Satz der dann auch noch eine halbe Seite lang ist?“
„Ja was hätte ich denn sonst machen sollen?“
„Es gibt auch noch Punkte, die sind nicht vom Aussterben bedroht!“
Tja so kann es gehen wenn man ohne groß nachzudenken an die Sache ran geht.
Mit dem schreiben allein war es jedoch nicht getan, denn ich wollte ja unbedingt veröffentlichen. Zum Glück braucht man heute keinen Verlag oder Verleger und Agenten und so weiter mehr. Dank Amazon (Kindle direct publishing) kann man ohne Risiko oder Kosten seine „Werke“ vermarkten, wirklich sehr zu empfehlen.
Jetzt brauchte ich nur noch ein Titelbild und einen Titel.
Ich überlegte hin und her und entschloss mich als Titel „Wechseljahre blues“ zu verwenden.
Wieder ein großer Fehler!
Denn alle die davon erfuhren meinten ich hätte einen Ratgeber für die Wechseljahre geschrieben.

(Ich denke die Buchreihe hätte sich noch öfter verkauft wenn ich einen besseren Titel gewählt hätte, bin aber trotzdem sehr zufrieden)
Dann wollte ich natürlich noch ein Bild für das Buchcover, ich überlegte hin und her dann hatte ich die Idee.
Ich fuhr mit meiner Tochter und meinem Sohn in ein Ort drei Ortschaften von uns entfernt. Dort gab es ein elektronisches Geschwindigkeitsschild und das wollte ich fotografieren, und zwar genau dann wenn es 45 anzeigte.
Ich also raus aus dem Auto, mit dem Handy stand ich dann unweit der elektronischen Geschwindigkeitserkennung und meine Tochter musste daran vorbei fahren.
Logisch musste sie genau 45 fahren damit die Zahl auch angezeigt wurde.
Nur so viel, ich stand fast eine halbe Stunde vor dem Schild und meine Tochter musste 10 mal drehen. Die Straße rauf und wieder runter in Richtung Geschwindigkeitsschild bis es endlich klappte.
Und nicht zu vergessen die Blicke der Autofahrer die an mir vorbei fuhren als ich mit dem Handy in der Hand, dass ich hoch in die Luft hielt da stand. Manche der fragenden Blicke werde ich nicht vergessen.
Egal irgendwann hatten wir das Bild für das Cover und meine Tochter half mir bei der Einrichtung und schon war mein erster Roman als E-book erhältlich.
Ich informierte alle die ich als Kontakt in meinem Handy hinterlegt hatte per WhatsApp. Fast täglich schaute ich in meine kdp Berichte. Dort sieht man wie viele Seiten gelesen wurden und was man damit bisher verdient hatte.
Mehr als einmal sah ich dabei das es wohl auch die Möglichkeit gab seine Bücher als Taschenbuch rauszubringen. Die ersten Tage ignorierte ich die Option, dann schaute ich mir das genauer an. Ich klickte mich durch und stellte fest das es fast ähnlich wie bei der E-book Veröffentlichung war.
Kurz entschlossen folgte ich allen beschriebenen schritte und lud das für den E-book bearbeitete Manuskript hoch. Ich wählte noch die Farbe des Papier, den Beschnitt, fügte das Coverbild ein und zack fertig.

Zufrieden saß ich am Laptop und freute mich das ich bald auch ein richtiges Buch von mir in der Hand halten konnte. Bis mir der Gedanke kam das nirgendwo was gestanden hatte wie viele Bücher gedruckt wurden!
Mir wurde auf einmal mehr als warm und schweiß trat mir aus sämtlichen Poren.
Ich stellte mir schon vor wie Amazon mir eine Palette mit Büchern lieferte. Na ja, die Druckkosten beliefen sich damals auf ungefähr drei Euro pro Buch und ich versuchte mir auszurechnen wie viele Bücher auf so eine Palette passten und überlegte wie ich meinem Mann erklären sollte das eins unserer Gehälter an Amazon gehen könnte, weil ich als angehende jung Autorin mal eben Bücher in Auftrag geben hatte.
Bis ein E-book oder ein Taschenbuch freigegeben wird kann es bis zu 72 Stunden dauern. Es waren die längsten 72 Stunden meines Lebens, kann ich euch sagen.
Dann erfolgte die Freigabe und nichts passierte.
Mittlerweile hatte ich meine Tochter mein Debakel mitgeteilt und sie rief mich an.
„Entwarnung, dein Buch wird erst dann gedruckt wenn es jemand kauft!"
Meine Erleichterung könnt ihr euch nicht vorstellen, ich habe mich schon neben einem Stand der Zeugen Jehovas in der Stadt stehen sehen. Die Zeugen Jehovas mit dem Wachturm in der Hand und ich mit meinem Roman Wechseljahre blues.
Wie stolz war ich als die ersten Taschenbücher bestellt und verkauft wurden.
Bis zu dem Tag als mich eine Kollegin anrief um mir mitzuteilen dass sie mein Taschenbuch gekauft und gelesen hatte.
Natürlich wollte ich wissen wie es ihr gefallen hatte.
„Sehr gut, echt gut geschrieben. Allerdings warum ist es so komisch gedruckt?"
„Hä?"
„Na ja du liest, blätterst um dann folgt eine leere Seite und auf der gegenüberliegenden beginnt der Text in der Mitte."
„Ok?"

Nachdem Gespräch loggte ich mich gleich bei kdp ein und rief das Taschenbuch auf. Ich entdeckte eine Option „Druck Vorschau“ und klickte darauf.
Tja und dann sah ich den Schlamassel!
Ich hatte das Manuskript so gelassen wie es für den E-book war und genau so wurde das Format gedruckt.
Es dauerte einen halben Tag bis ich das Format so abgeändert hatte das es für die Buchausgabe passte, aber es hat sich gelohnt denn nun stimmte alles.

Wie bereits erwähnt habe ich alle die ich kannte und in meinem WhatsApp kontakten hatte, das waren immerhin fast 1000 Personen über meine schriftstellerischen Ergüsse informiert. Doch das reichte mir nicht.
Also Facebook auf und gepostet was das Zeug hält.
Und dann entdeckte ich Tiktok!
Alle die ich kannte hatten schon länger Tiktok, doch wie immer hinkte ich hinterher.
Angemeldet hatte ich mich gleich und das war es dann erst einmal.
Es dauerte noch ein paar Tage bis ich ein Videoclip erstellt und den hochgeladen hatte. Es machte mir Spaß und manchen gefiel sogar was ich machte. Ich stellte sogar Clips ein in denen ich aus meinem Buch vorlas, viel konnte ich jedoch nicht vorlesen da mein Roman erst ab 18 Jahre freigegeben war. Irgendwann, nur mal kurz am Rande, hatte ich tausend Follower und konnte somit Live gehen.
Ich also rein bei Tiktok, den Live Buton gedrückt und schon war ich live.
Ich quatschte einfach darauf los, frag mich nicht über was. Ich weiß es nicht mehr. Meine Tochter war als Zuschauerin in meinem Live und schaute sich alles an. Plötzlich kam die Anfrage eines Zuschauers ob er in mein Live kommen könnte und ich Depp nahm sie auch noch an.
Der Handybildschirm teilte sich und ich sah einen Raum voller Männer. Auf dem Tisch im Hintergrund sah man mehrere Flaschen mit Alkohol und an der Aussprache hörte man nicht nur das es Russen waren sondern das sie auch noch einen Intus hatten.

Anfangs lief das Gespräch ehr schleppend bis mich einer der Kasper fragte ob ich Socken an hatte.
Socken, dachte ich irritiert.
Ich bejahte total überfordert die Frage, da ich nicht wusste was ich mit denen jetzt reden sollte und da meinte der Kasper tatsächlich ich solle sie mal in die Kamera halten.
**Ich sollte meine Füße mit meinen Socken in die Kamera halten!!!**
Hatte der sie noch alle?
Hektisch suchte mein Blick auf dem Handybildschirm herum, ich wollte die Idioten aus meinem Live kicken, doch ich fand nichts.
Nun ja, fast nichts, bis auf das Kreuzchen um das Live zu beenden. Hektisch drückte ich darauf und atmete auf als es klappte und ich das Live damit beendete.
Ich hatte mein Handy noch in der Hand als meine Tochter lachend anrief.
„Sag mal Mama was waren das für Deppen?“
„Hör mir uff, das mache ich nie mehr. Thema Live erledigt.“
„Nur weil es einmal schief gegangen ist gibst du schon auf?“
„Ich habe voll Panik bekommen.“
„Pass auf, ich komme in Zukunft als Moderator in dein Live und wenn was schief läuft bin ich da und rette dich.“
So machten wir es dann auch.
Ach, möchtest du mich mal auf Tiktok sehen?
Dann gib einfach „Autorin Michaela Ehlers“, ein.

## Handy, Smartphone und ich oder wie ich modern wurde

Ich gehöre, glaube ich zumindest, zu einer der ersten die ein Mobiltelefon hatten. Handy konnte man die Dinger noch nicht nennen. Damals brauchte man fast zwei Hände um so ein Ding zu halten.
Ich bekam damals (Anfang 96) das Siemens schlag mich Tod. Ein richtiger Klotz und das ganze mit einem super Vertrag.
Grundgebühr monatlich 98 DM, das war so viel, denn dann kostete die Minute nur 1 Mark 39 statt 1 Mark 98. Da man damit nicht überall empfang hatte kaufte mein Mann gleich noch eine Fensterklemmantenne und ein Ladekabel. Wenn ich morgens auf die Arbeit kam schleppe ich ein ganzes Equipment mit mir rum und es dauerte bald fünf Minuten bis ich mich im Frachtauto eingerichtet hatte. Die Kollegen machten immer große Augen, wenn sie mich dabei sahen. 95 Prozent des Tages schwieg das Telefon, wenn es denn doch mal klingelte, hatte ich trotz Antenne so gut wie keinen Empfang. Spaß war wirklich was anderes!
Doch die Zeit und die Technik schritten mit großen Schritten voran und irgendwann gab es das erste Handy. Meins war ein Nokia, was für eins? Keine Ahnung mehr, doch auf dem Handy gab es ein Spiel. Vielleicht kennt es noch der eine oder andere. Snake.
Ich denke, wenn ich die Zeit die ich das Spiel gespielt habe zusammenrechne komme ich bestimmt auf ein halbes Jahr. Ich besaß das Nokia knapp zwei Jahre, dann gab es durch die Vertragsverlängerung ein neues. Für alle die es nicht wissen, damals bekam man das neuste Handy bei der Vertragsverlängerung für einen Euro dazu. So ging das Jahre lang. Meine Hauptnutzung waren telefonieren oder Radio über Kopfhörer hören. Zu dem Zeitpunkt war das telefonieren noch nicht so verbreitet. Das sollte erst mit den Flatrate noch kommen.

Irgendwann kamen dann die ersten Smartphones mit Mega Funktionen. Internet, WhatsApp, Klingeltöne und so weiter. Ich für mich brauchte das alles nicht, im Gegensatz zu meinem Mann und meiner Tochter. Die waren bei Technik schon immer vorne mit dabei und ich sah mehr aus der Ferne zu.

Mehr wie einmal wollten mein Mann und meine Tochter mir ihr altes Smartphone offerieren, doch ich lehnte vehement ab.

Bis zum Weihnachten 2018. Mein Mann überreichte mir an diesem Weihnachten ein kleines Geschenk. Gespannt packte ich es aus und was sahen meine Augen?

Ein Smartphone!

Ich schaute meinen Mann an und fragte:

„Was soll ich damit?"

Zu dem Zeitpunkt besaß ich ein Sony Ericson K 800 i und war damit zufrieden. Wie gehabt, Radio hören und telefonieren.

„Schau es dir doch erst mal an."

Ich schaute mir es an, blickte dann meinen Mann an und sagte:

„Dazu braucht man Internet!"

„Moment das haben wir gleich."

Mein Mann ging an seinen Rechner und zack hatte er mir Internet zu meinen bestehenden Vertrag gebucht.

Ich gab meinem Mann das Handy damit er es einrichten konnte. Morgens lag es fertig eingerichtet in der Küche und ich ignorierte es erst einmal. Ich habe ja auch meinen Stolz, oder?

Die Feiertage gingen vorbei und ich musste wieder zur Arbeit. Das Handy nahm ich mit, jetzt hatte ich ja Internet. Während ich arbeitete stellte ich fest das der Radioempfang beschissen war. (Radio ging nicht über Internet, das hätte man damals höchstens ein oder zwei Tage über das Internet hören können)

Nachmittags als mein Mann nach Hause kam sagte ich es ihm.

Er bot mir an das Handy zurückzugeben und mir ein anderes rauszusuchen.

Wir fuhren zu Aldi, ich gab es zurück und nahm die 129 Euro. Anschließend fuhren wir zum Media Markt. Dort suchte ich mir ein Handy für 199 Euro aus und wir verließen mit dem Teil das Geschäft. Während der Heimfahrt richtete mein Mann mit seiner Simkarte das neue Handy ein.
Am nächsten Tag, selbe Situation nur anderes Handy, Radioempfang scheiße. Abends fuhren wir zu einem anderen Media Markt. Dort gab ich das Handy zurück und suchte mir ein anderes aus. Dieses mal zahlte ich fast 300 Euro und schloss mal gleich eine Versicherung ab das wenn was dran kam ich nicht auf den Kosten sitzen bleiben würde.
Du wirst es nicht glauben, doch auch da klappte es nicht mit dem Empfang. Mit dem Handy sind wir dann wieder zum ersten Media Markt und haben es da zurückgeben. Und wieder habe ich mir ein anders rausgesucht.
Mittlerweile war ich bei einem Preis von 500 Euro und wieder schloss ich eine Versicherung ab.
Dieses Gerät besaß ich fast drei Tage bevor ich es in einem Media Markt (eine halbe Stunde entfernt) zurückgab. Zu den ersten beiden Media Markt wollte ich nicht mehr hin. Es wäre mir zu peinlich gewesen. Mein Mann, mittlerweile total genervt, bereute es mittlerweile mir ein Smartphone gekauft zu haben. Er richtete das neue immer auf der Heimfahrt ein, sein Internetvolumen war während dessen aufgebraucht und er musste kostenpflichtig nachbuchen. Er war so genervt das er mir noch nicht einmal mehr beim Heraussuchen eines anderen Handys helfen wollte.
Ich ging durch die Regalreihe mit der großen Handyauswahl. Der Verkäufer ging an meiner Seite und dann sah ich das HANDY.
Es war matt blau und gefiel mir auf Anhieb. Selbst der Preis von 799 Euro schreckte mich nicht ab.
Ich ging mit dem Verkäufer an einen Pult und er erklärte mir das das Handy eins der wenigen war mit einem Microsoft Betriebssystem. Mein Mann der das mitbekam runzelte die Stirn.
„Kein Problem“, sagte ich großspurig, „ich arbeite auf meinem Laptop auch mit Microsoft.“

„Dann ist ja gut“, erwiderte der Verkäufer und wieder schloss ich eine Versicherung ab. (Mit der Rückgabe der anderen Geräte wurde die Versicherung zum jeweiligen Handy gekündigt)
Gerade unterschrieb ich den Vertrag als ich zu dem Verkäufer beiläufig sagte:
„Hoffentlich ist der Radioempfang gut.“
„Ähm, das Handy hat keinen Radioempfang, das geht nur über Internet.“
„Dann will ich das nicht“, sagte ich bestimmt und zog eine Schnute.
„Nimm das scheiß Handy ich kauf dir ein Radio“, polterte plötzlich mein Mann aggressiv.
Ich zuckte zusammen, so kannte ich meinen Mann ehrlich gesagt nicht.
„Ich nehme es“, sagte ich deshalb ziemlich kleinlaut.
Mit der Rechnung in der Hand gingen wir zur Kasse ich bezahlte und wir fuhren mit dem Handy nach Hause.
Bis wir heim kamen war es fast halb neun und da ich morgens früh aufstehen musste ging ich auch gleich ins Bett. Mein Mann unterdessen richtete das Handy ein.
Am nächsten Morgen nahm ich das blaue Handy und ging zur Arbeit. Dort wollte ich WhatsApp einrichten und schaffte es noch nicht einmal ins Internet zu kommen.
Geknickt entfernte ich die Simkarte und machte sie in mein altes K 800 i.
Als mein Mann an diesem Morgen anrief hörte er wohl an meiner Stimme das etwas nicht stimmte und fragte auch gleich was los war.
Heulend sagte ich ihm das ich mit dem Handy nicht klar kam und erwartete eigentlich ein Donnerwetter. Doch weit gefehlt, das einzige was mein Mann ziemlich resigniert sagte war:
„Dann tauschen wir es heute Abend um.“
Das machten wir dann auch am selben Abend und ich suchte mir ohne Mann und Verkäufer ein anderes aus und du glaubst es kaum, ich kam damit sogar problemlos klar!
Heute besitze ich ein i Phone 15 Pro Max und kann ganz gut damit umgehen. Wenn ich was nicht hinbekomme, he für was hat man Kinder?

## WhatsApp, Telefongespräche und wer sagt was

Ich kenne gerade mal eine Person die etwas jünger als ich selbst ist und kein WhatsApp nutzt, ansonsten haben alle WhatsApp.
Mittlerweile kommen alle Grüße, sei es Geburtstag Weihnachten oder was weiß ich per WhatsApp. Es war vor ca. drei Jahren als ich mit unserem Hund im Feld spazieren war.
Da kam mir die Idee das auch ich Weihnachtswünsche verschicken kann, aber nicht per WhatsApp. Ich wollte mich von der breiten Masse abheben und verfasste eine SMS mit dem üblichen Text den man vor Weihnachten ebenso schickt.
Ich wünsche euch frohe Weihnachten und einen guten Rutsch. Soweit so gut.
Dann machte ich den Fehler und hängte einen Smilie an das Textende.
Damals konnte man bis zu 249 Empfänger gleichzeitig auswählen die dann gleichzeitig die SMS erhalten würden. Das machte ich dann auch so, ich wollte ja keine 249 einzelne Kontakte auswählen.

Als die 249 erreicht waren, drückte ich auf Senden und bekam große Augen als da plötzlich stand:
Konvertiere SMS zu MMS.
Ich drückte wild auf allen Tasten herum um den Vorgang zu stoppen, doch es klappte nicht und so schickte ich 249 MMS. Ich wusste nicht viel über MMS nur so viel MMS kosteten extra!
Schnell rief ich meinen Mann an und fragte was eine MMS bei unserem Anbieter kostete.
„Die sind nicht billig, eine MMS kostet 0,49 Cent."
Ich blieb kurz stehen und überschlug alles. Mir war zum Heulen und mit Tränen in den Augen gestand ich ihm:
„Ich habe gerade für ungefähr 120 Euro Weihnachtswünsche verschickt!"
Ich begann zu weinen, denn locker saß auch bei uns das Geld nicht gerade.
Unter Tränen erklärte ich meinem Mann was ich verzapft hatte, doch statt zu Schimpfen lachte er.
Ich lachte und weinte gleichzeitig.
Dann rief ich meine Tochter an und erzählte ihr was ich gemacht hatte. Auch sie und ihr Freund lachten.
Ihr Freund meinte sogar das er mir 20 Euro dazu geben würde. Wie nett, oder?
Dann kam die Rechnung und ich sah das mein Anbieter die MMS als Paket verschickt hatte und ich nur 5 Euro und ein paar zerquetschte zusätzlich bezahlen musste.
Noch mal Glück im Unglück.

Es war Anfang der neunziger, damals kamen die ganzen Talkshows raus. Ja auch ich habe mir einige angeschaut, aber nicht alle.
An irgendeinem Nachmittag klingelt unser Festnetztelefon.
Ich ging ran und am anderen Ende der Leitung war ein fremder Mann mit sympathischer Stimme.
Hier nun wie das Gespräch ablief:
„Hallo."
„Guten Tag, mein Name ist (ich weiß es nicht mehr)…"
„Ja?"
„Wohnen sie in Hohen – Sülzen?"
„Nicht ganz, aber ich kenne den Ort. Warum?"

„Ich habe eine Talkshow von Fliege gesehen und es soll dort eine Klinik geben in der MS behandelt wird.“
Genau das war der Moment wo ich einen Denkfehler oder Buchstabendreher hatte. Ich dachte MS ist dieses Sado Maso.
Du musst dir vorstellen das ich dachte ich hätte einen Perversen mit netter Stimme am Telefon.
Ich:
„Davon wüsste ich nichts, doch ich finde es gut das sie sich helfen lassen wollen.“
Das sagte ich nicht nur so daher sondern meinte es Bierernst!
„Ähm ja und sie kennen die Klinik wirklich nicht?“
Ich hatte in dem Ort schon Post zugestellt aber eine Klinik für Sado Maso Menschen kannte ich dort wirklich nicht.
„Nein wirklich nicht.“
„Ok, danke trotzdem.“
Wir verabschiedeten uns noch voneinander, ich allerdings mit den Worten:
„Ich finde es wirklich super dass sie sich helfen lassen wollen. Sie können stolz auf sich sein.“
Als mein Mann an diesem Abend nach Hause kam, erzählte ich ihm von dem Anruf und dem Gespräch.
„Was hat er genau gesagt?“
„Na ja das er sein MS, du weißt schon Sado Maso, behandeln lassen will.“
Mein Mann lachte schallend und erklärte mir das MS für Multiple Sklerose stand und das was ich meinte wäre SM.
Mir war es furchtbar peinlich. Sollte es der Zufall wollen und der Herr von damals ließt dieses Buch, es gab damals tatsächlich eine kleine Praxis in Hohen Sülzen die auf die Behandlung von MS spezialisiert war.
Bevor ich zum nächsten Thema komme habe ich noch etwas in Zusammenhang mit telefonieren.
Ich hatte Rückenverspannungen und wollte mir einen Termin bei der Massage holen. Damals hatten wir noch eine Tageszeitung mit verschiedenen Rubriken. Unter anderem gab es die Rubrik: Verwöhnen und Massage.
Ich entdeckte eine Anzeige:
Verwöhn Massage im Vitalzentrum

Ich rief die angegebene Nummer an und es meldete sich ein nette Frau.
„Ich möchte einen Termin für eine Massage“, brachte ich meinen Wunsch gleich hervor.
Die Frau lachte kurz und meinte:
„Wir massieren nur Männer!“
„Warum?“, fragte ich naiv.
„Ähm wir massieren Männer mit der Hand bis zum Schluss.“
Es dauerte ein paar Sekunden bis ich begriff was die Dame meinte.
Ich entschuldigte mich und legte auf.

Kennst du den Witz?
In einer Umkleide klingelt ein Handy.
Einer der Männer nimmt das Handy und meldet sich mit einem Hallo.
Am anderen Ende ist eine Frau und sagt:
„Du Schatz, ich bin in der Stadt und da gibt es eine Handtasche. So eine habe ich schon immer gesucht, die kostet aber 500 Euro.“
„Kauf sie dir“, sagt der Mann.
„Ach und die haben auch die wunderschöne Jacke von 1000 Euro auf 800 runter gesetzt.“
„Passt, kannst du auch kaufen.“
„Ach und vorhin kam ich beim Autohändler vorbei und die hatten den Mercedes den ich schon immer wollte. Er kostet auch nur 49000 Euro.“
Die Frau hält die Luft an.
„Ist gut, kauf ihn!“
„Du bist ein Schatz und ich liebe dich. Bis später.“
Als das Gespräch beendet ist schaut der Mann sich in der umkleide um und sagt:
„Wem von euch gehört das Handy?“

## Wer schön sein will muss leiden oder so

Ich habe von Natur aus geile blaue Augen und bin stolz darauf. Figur technisch neige ich zu grenzwertigem Übergewicht. Macht aber nichts.
Mein Gesicht ist für mich ok, aber meine Haare gefallen mir ausgesprochen gut.
Ich habe dicke borstige Haare und das ist gut so, denn dass was ich meinen Haaren im Lauf der Jahre angetan habe überleben bei anderen Menschen nur die wenigsten Haare. Und das ist kein Geschwätz, das sagt sogar meine Friseurmeisterin Sarah.
Die schocke ich im Schnitt alle zwei bis drei Jahre wenn ich mal wieder hingehe und blond werden will.
Vor allen Dingen wenn ich mal wieder schwarz oder rot gefärbt bin. Grins.
Doch fangen wir mal ganz vorne an.
Ich war in den Achtzigern Fan von der Gruppe Kajagoogoo allen voran der Frontsänger Limahl hatte es mir angetan. Der hatte damals die Seiten schwarz gefärbt, die oberen abstehenden Haare waren blond. Das wollte ich auch.
Ich hatte aber kein Geld für den Friseur also klaute ich mir die Farbe (es waren Flegeljahre, Entschuldigung an die Firma Schlecker und he das ist verjährt).
Bei einer Freundin färbte ich mir die Seiten und schnitt mir oben die Haar so kurz das sie standen. Ehrlich es sah sogar gut aus. Ich denke das war der Moment wo ich davon ausging das ich Talent zum Haareschneiden habe.
So lief ich eine Zeitlang herum, dann ließ ich meine Haare wieder wachsen und lernte meinen Mann kennen. Damals kam die Dauerwelle groß in Mode, klar ließ ich mir auch eine machen. Mein Haar war perfekt dafür. In dieser Zeit entstand der Kontakt zu Christiane B. gelernte Friseurin und auch Dauerwellen Trägerin.
Wir gingen viel zusammen aus und hatten ebenso viel Spaß. Irgendwann kam Christiane und meinte:
„Du musst mir eine Teildauerwelle machen."
„Was? Ich?"

„Ja, ich bringe die Sachen mit und unter meiner Anleitung machst du das.“
Ein paar Tage später war es soweit. Chris schleppte alles an, zeigte und erklärte mir was ich machen sollte.
Und he es klappte, die Dauerwelle sah super aus.
Anschließend ließ mich Christiane noch die spitzen schneiden, natürlich auch unter ihrer Anleitung und wieder klappte alles.
Heimlich war ich nun davon überzeugt das man das gar nicht lernen musste, sondern nur die richtigen Materialien besitzen sollte. Und wie gehabt ich scheine Talent zu besitzen.
Ich also ein paar Tage später in den nächsten Frisörhandel und mir alles gekauft. Wickler, Wicklerpapier, Schere Kämme und alles was man brauchte. Nun war ich in meinen Augen Frisör, fehlte nur noch ein Proband.
Wer eignete sich besser als meine fünf Jahre jüngere Schwester, sie wollte Dauerwellen und ich wollte welche machen.
Ich ins Auto ab nach Worms zu meiner Schwester und frisch ans Werk. Ich glaube ich brauchte fast zwei Stunden bis ich die Haare meiner Schwester komplett gewickelt hatte. Dann den Entwickler drauf und einwirken lassen.
Anschließend folgt noch die restliche Prozedur, alles abschwenken und alle Wickler wieder runter.
Die Dauerwelle war nicht schlecht, aber ich hatte meiner Schwester mit den Chemikalien die Stirn verbrannt.
Geschockt entschuldigte ich mich bei meiner Schwester und war total geknickt.
(Sie meinte zwar es tut nicht so weh, doch es tat mir ehrlich leid)
Noch am selben Tag schenkte ich alles was ich gekauft hatte Christiane und versprach ihr die Finger von Haaren zu lassen.
Tja das hielt ein paar Jahre, bis meine Schwester unbedingt blond werden wollte und ich meinte das dies ja nicht so schwer sein konnte.
Gemeinsam fuhren wir zum Friseurhandel und nach einer kurzen Beratung kaufte ich alles was wir brauchten um meine Schwester erblonden zu lassen.

Zuhause bei meiner Schwester trug ich die Blondierung mit einem Pinsel auf und während ich so vor mich hin werkelte, meinte meine Schwester plötzlich:
„Scheiße ist das Heiß!"
„Die Verkäuferin hat doch gesagt dass es gut warm wird. Stell dich nicht so."
Ich trug die Blondierung weiter auf und kam ein paar Minuten später mit der Hand an die Haare meiner Schwester. Verdammt die waren wirklich gut heiß.
Schnell nahm ich das Telefon und rief bei dem Geschäft an und fragte die Verkäuferin ob es normal war das die Haare beim Blondieren fast kochten.
Sie meinte klar die werden gut warm.
Ich erklärte ihr nochmal das die Haare meiner Schwester mehr als warm waren. Daraufhin meinte sie das es dann besser wäre sie kalt abzuspülen wenn sie wirklich so heiß wären.
Ich führte das Gespräch damals im Flur meiner Schwester, die mittlerweile in ihr Wohnzimmer gegangen war.
Ich ging zu ihr ins Wohnzimmer und staunte nicht schlecht. Meine Schwester stand nach hinten gebeugt vor ihrem auf drei laufendem Ventilator und sagte mehrmals stöhnend:
„Das tut so gut, das tut so gut."
Schnell gingen wir in ihr Bad und ich schwenkte ihr die Haar unter kaltem Wasser ab.
Nachdem ihre Haare abgespült und etwas trocken gerubbelt waren schaute wir uns das Ergebnis geschockt an.
Von gelb über orange und weißblond waren alle Farben auf ihrem Kopf vertreten, doch als wäre das nicht genug schnitt ich ihr noch das Pony.
Ich wusste ja dass man sich bei der Länge des Ponys an den Augenbraue orientiert, was ich auch gemacht habe. Als ich fertig war bemerkte ich jedoch erst jetzt das meine Schwester die Augenbraue hochgezogen hatte um zu sehen was ich machte und als sie die Braue wieder runter ließ schnorrte das Pony soweit nach oben das sie jetzt ein Pony hatte das inmitten der Stirn aufhörte.
Als meine Schwester sah wie geknickt ich war tröstete sie mich sogar noch. Fluchtartig fuhr ich nach Hause, dort

erhielt ich einen Anruf von meiner Mutter die gleich los wetterte:
„Ich habe deiner Schwester immer gesagt sie soll dich nicht an ihre Haare lassen, der Depp!“
Ein paar Jahre war dann Ruhe, bis nun ja bis meine Tochter blonde Strähnen wollte.
Strähnen sind ja mal nicht wirklich anspruchsvoll. Es gab immerhin von einer Firma Strähnchen super blond mit Haube versteht sich.
Ich fuhr wieder los, hatte die Sachen für meine Tochter gekauft und machte mich ans Werk.
Dazu sollte ich vielleicht erklären das meine Tochter nicht nur die dicken Haare von mir hat sondern auch noch jede Menge Naturlocken. Damals waren ihre Haare Schulterlang.
Ich zog ihr die Haube auf und begann mit einer spitzen Häkelnadel die einzelnen Strähnen durch die Haube zu ziehen. Das alleine schon war eine Tortur für meine Tochter, doch wie gehabt wer schön sein will muss leiden. Natürlich versuchte ich ihr so wenig wie möglich weh zu tun.
Als ich nach einer Stunde die richtige Anzahl von Strähnen rausgezogen hatte schmierte ich die Blondierung drauf und wir ließen sie einwirken.
Damit hatten wir das gröbste hinter uns, dachte ich zumindest.
Dann ging es ans abspülen, das war auch noch in Ordnung, doch dann musste die Haube runter und das war der Moment wo selbst ich verzweifelte.
Die blondierten Haare hatten sich verheddert und wir bekamen die Haare nur stückchenweise vom Kopf.
Zum Glück hatte ich viele Strähnen gezogen, denn bei der Aktion verlor mein Kind noch das ein oder andere Haar.
Wobei wir gerade bei meiner Tochter sind, machen wir doch zur Abwechslung bei ihr weiter. Sandra war ungefähr 13 oder 14 und zu dem Zeitpunkt trug sie ihr Pony gleichlang mit dem Rest ihrer Haare. Ihr Pony machte sie immer über den Oberkopf zurück und befestigte es mit verschiedenen Klammern und Spängelchen.

Irgendwann waren meine Tochter, mein Mann und ich abends spazieren. Es war bereits dunkel als unsere Tochter plötzlich sagte:
„Mama, Papa ich muss euch was sagen."
„Was denn", fragte einer von uns.
„Ähm ich habe mir heute mein Pony selbst geschnitten."
Mein Mann und ich schauten in die Richtung unserer Tochter, doch uns fiel nichts auf.
„Und?"
„Na ja, erst war es rechts schief, dann links und dann war es zu kurz."
Nun blieben wir stehen und schauten uns unsere Tochter ganz genau an.
Ich begann zu lachen.
Sandras Pony war noch genau einen Zentimeter lang, doch sie hatte die Stoppeln mit Gel zurück gegelt und zur Attrappe Klämmerchen befestigt es fiel fast nicht auf.
He, was solls, Haare wachsen ja bekanntlich nach!

Nur mal so am Rande, das letzte mal als ich bei Sarah ankam und mal wieder eine andere Farbe wollte hatte ich meinen Haaren schon einiges angetan. Und das ist nicht übertrieben.
Ich war damals dunkelrot und wollte die Farbe silbergrau, das silbergrau was im Moment modern ist.
Ich machte mich im Internet schlau, dort stand es gibt extra Entfärber für gefärbte Haare. Da ich gerade auf einem Seminar war und das bis Samstagnachmittags ging bat ich meine Tochter das Zeug für mich zu kaufen und mir vorbeizubringen.
Nicht ins Seminar sondern zu uns nach Hause.
Ich trug ihr auch noch auf silbergraue Farbe zu kaufen.
Samstag kam ich nach Hause, Sandra war da und half mir den Entfärber aufzutragen. Wir hielten uns genau an die Anleitung.
Als wir den Entfärber abspülten war das Ergebnis nicht das was ich erwartet hatte.
Ich hatte nun eine Farbmischung die von hell Rot über orange bis zu gelb ging. Als jugendliche hätte mir das bestimmt gefallen doch in meinem Alter eben nicht mehr.

Wir ließen es so und schmierten auch nichts mehr darauf.
Dann holte ich mir einen Termin bei Sarah und ging hin.
Sie schaute sich alles an und hörte sich meine Wünsche an.
Dann machte sich ans Werk. Nicht ohne mir zu erklären dass sie keine Garantie übernimmt.
Das Ergebnis war klasse, ehrlich. Ich war noch zweimal bei ihr und ließ meine Haare nochmals blondieren.
Jetzt waren sie fast weiß, aber nicht grau wie ich es wollte.
Dafür konnte Sarah nichts, wirklich.
Ich wartete ein paar Wochen und kaufte dann das Grau das ich haben wollte, das blöde war nur das meine Haare die Farbe unterschiedlich aufnahmen.
Mir gefiel es irgendwie doch meinem Mann nicht.
Er meinte das mich die Farbe alt machte, mal im Ernst wer hört so etwas schon gern?
Das Problem war auch das die blondierten Haare die Farbe nicht hielten und irgendwie sah alles dann nur noch seltsam aus. Eine Lösung musste her!
Eins habe ich allerdings im Laufe der Jahre gelernt, trage auf blondierte Haare kein Braun auf, es kann nämlich grün werden.
Ich färbte meine Haare deshalb rot, sah gut aus.
Dank der Blondierung hielt die rote Farbe allerdings nur ein paar Wochen und sah dann scheiße aus.
Da ich jedoch kein Mensch halber Sachen bin habe ich kurzen Prozess gemacht und schwarz gefärbt.
Ach, das ist jetzt ein paar Wochen her, also kennst du jetzt meine aktuelle Farbe.
Willst du das was ich hier geschrieben habe prüfen, dann geh zu Tiktok, dort siehst du auf meinen älteren Videos meine ständige Veränderungen.

## Ein schöner Abend oder Pleiten, Pech und Pannen

Ich denke jeder der Ausgehen möchte und das zudem noch mit dem Partner oder Freunden oder bestenfalls mit beiden zusammen weiß das es zu dezenten Schwierigkeiten führen kann.
Meistens fängt es ja schon mit den Klamotten an. Ich habe ein Wochenende erlebt von dem ich dir nun erzählen möchte. Und nicht gelogen, es ist alles so passiert wie du es liest.
Wir wollten Freitagabends ausgehen.
Das waren ich (der Esel nennt sich immer zuerst) meine Schwester Ela und zwei meiner Freundinnen Astrid und Silvia.
Mein Mann wiederum wollte mit zwei seiner Freunde, Horst und Jerry ebenfalls ausgehen und im Anschluss wollten wir uns zu einer bestimmten Uhrzeit treffen.
Es begann schon damit das Astrid mal wieder nicht zufrieden mit ihren Haaren war und selbst als meine Schwester, Silvia und ich schon ausgehbereit bei Astrid im Zimmer standen, werkelte sie noch eine gute halbe Stunde an ihrer Frisur herum.
Da ich an diesem Abend unser Auto hatte, fuhr mein Mann mit Jerry in dessen Auto und Horst fuhr mit seinem Auto. Die Männer wollten in eine Bar in Lampertheim, dort gab es Tische mit Telefonen mit denen man Kontakt zum anderen Geschlecht aufnehmen konnte. Horst und Jerry waren damals Singles und auf der Suche nach einer Freundin.
Auf dem Weg nach Lampertheim hatte Jerry einen platten Reifen und musste diesen logischerweise wechseln. Bei seinem Audi war es allerdings so dass er ein Notrad hatte und damit nur noch 80 km schnell fahren durfte. Da mein Mann ein sehr geschickter Handwerker ist dauerte das Wechseln nur ein paar Minuten und die drei konnten ihre Fahrt etwas verlangsamt vorsetzen.
Als sie bei der Bar ankamen, war bei Jerry und Horst die Vorfreude groß. Bis sie zum Einlass kamen und dort abgewiesen wurden weil Horst nur ein Shirt ohne Ärmel

hatte. Egal wie sehr sie mit dem Türsteher auch diskutierten der gute ließ sie einfach nicht hinein.
So gingen die drei halt eine runde Billardspielen.
Unterdessen verließ ich mit meinen drei Weibern endlich Astrids Zimmer und wir gingen was trinken. Vorher wurde allerdings erst diskutiert wo wir denn was trinken gehen wollten. Es dauerte eine viertel Stunde bis wir uns auf eine Kneipe geeinigt hatten.
Ich trank nur Alkoholfreies, da ich ja fahren und später noch meine Schwester nachhause bringen musste.
Irgendwann war die Zeit dann soweit vorangeschritten das wir einen der drei oder vier Tanzschuppen in Worms aufsuchen wollten.
Und damit begann die Diskussion mal wieder.
Die eine wollte dort nicht hin, die andere wollte dort nicht hin. Mir war es im Prinzip egal Hauptsache Musik und tanzen.
Es dauerte erneut fast eine viertel Stunde bis wir uns geeinigt hatten und endlich aufbrechen konnten.
Im Vorfeld hatte ich mit meinem Mann und seinen Freunden ausgemacht das wir uns kurz vor Mitternacht in einem der Tanzschuppen treffen würden.
Da es damals noch kein Telefon gab mussten die drei halt etwas suchen.
Meine Begleiterinnen und ich tanzten ein paar Runden als mein Mann und seine Freunde uns fanden. Meine Schwester war mittlerweile müde und so gab ich meinem Mann bescheid das ich sie kurz heimfahren würde.
Mein Auto parkte in der Nähe und so lieferte ich meine Schwester ein paar Minuten später zuhause ab.
Dazu muss ich sagen das ich zu dem Zeitpunkt einen Audi 80 Coupe fuhr, den Wagen hatten wir gebraucht gekauft und ich war mächtig stolz. Von der Optik her ein echt geiles Geschoss allerdings mit vielen Mängeln.
Ich hatte also meine Schwester nach Hause gebracht und fuhr zurück zum Tanzschuppen. Ich hatte sogar das Glück und bekam einen Parkplatz direkt vor dem Schuppen. Als ich allerdings die Fenster hochfahren wollte ging das Fenster auf der Fahrerseite nicht hoch. Ich drücke den

Knopf noch ein paarmal und haute sogar auf den Knopf doch nichts geschah.
Sagen wir mal so, Worms war nicht gerade eine Hochburg der Kriminalität doch hatte ich Angst den Wagen mit offenem Fenster stehen zu lassen.
Ich rannte in den Tanzschuppen, schnappte meinen Mann und zog ihn schnellstmöglich hinter mir her zu unserem Auto.
Dort zeigte ich ihm das Malheur. Kurzentschlossen umfasste mein Mann das obere Stück der Scheibe das etwas hochgefahren war und zog daran. Ruck zuck war die Scheibe ganz oben und wir gingen wieder in den Tanzschuppen.
Meine Stimmung war nun nicht mehr die beste, denn mir war schon klar das durch den kaputten Fensterheber wieder mal immense Kosten auf uns zu kamen.
Ich weiß nicht mehr wann wir damals heim fuhren, doch am nächsten Tag schliefen wir erst einmal aus. Es war ja Samstag und wir mussten nicht arbeiten.
Gegen Mittag fuhren wir an die Tankstelle und kauften uns die Sperrmüllzeitung. Bei der Zeitung handelte es sich um eine Zeitung, in der es nur Verkaufs- oder Suchanzeigen gab. Dort fand man wirklich alles.
Schnell hatte mein Mann dann auch eine Anzeige für ein paar gebrauchte Fensterheber gefunden und das für lausige 180 DM. Ha ha.
Wir konnten die Fensterheber noch am selben Tag abholen und mein Mann baute sie sogar am selben Tag noch ein.
Gegen Abend kam Jerry und da auch er in Worms wohnte brachte er Astrid mit. Wir saßen bei uns, quatschten, rauchten und lachten viel. Bis ich zur Toilette musste und feststellte das ich überraschend meine Tage bekommen hatte.
Toll, dachte ich damals und fand es noch toller als ich feststellte das ich gar keine Binden oder o.b. zuhause hatte.
Ich legte mir mehrere schichten Toilettenpapier in die Hose, ging zu meinem Mann und teilte ihm mit das wir unbedingt noch in eine Notapotheke mussten.
Zu viert machten wir uns dann auch gleich auf den Weg, logischerweise in unserem Audi.

Wir erreichten die Apotheke, ich stellte mich in die Schlange und als ich dran war sagte ich der Angestellten das ich Binden benötigte. Sie fragte daraufhin welche Größe und schaute sie etwas blöd an.
Es gab bei Binden doch nur eine Größe!
Es dauererde ein paar Sekunden bis ich begriff das sie die Binden die man zur Wundversorgung nimmt meinte.
Ich erklärte ihr was ich brauchte, sie grinste und holte mir eine Packung.
Als sie mir den Preis von 8 Mark nannte fiel ich fast vom Glauben ab.
Normalerweise kaufte ich meine Binden im Supermarkt, die Packung mit zwanzig Stück für drei Mark und das waren sogar Markenbinden.
Ich zahlte zähneknirschend nahm die Noname Packung mit den zehn Binden (die hatten noch nicht mal einen Klebestreifen) und setzte mich wieder auf den Beifahrersitz.
Wir fuhren noch schnell an die nächste Tanke, holten Zigaretten und wollten dann einfach nur noch nach Hause.
Wir kamen bis zur nächsten Ampel, dort machte es nur kurz Knack und irgendetwas im Getriebe war damit verreckt.
Das Schalten mit der Kupplung war nicht mehr möglich, doch mein Mann schaffte es bei der richtigen Drehzahl ohne die Kupplung zu schalten und so fuhren wir nach Hause.
Hier und da erwischte mein Mann dann doch nicht gleich die richtige Drehzahl und so krachte es ein paar Mal.
Zuhause angekommen stellte mein Mann das Auto in die Garage, dort stand nämlich ein Ersatzmotor mit passendem Getriebe.
Am nächsten Morgen kam Jerry frühzeitig um meinem Mann beim Getriebewechsel zu helfen. Wir hatten zwar eine Garage, doch die brachte bei Reparaturen unter einem Auto nichts.
Kurzer Hand gruben mein Mann, Jerry und ich in der Garageneinfahrt (zwischen den Zufahrtsplatten war normaler unbetonierter Boden) eine provisorische Grube.
Gegen späten Nachmittag war alles erledigt.
Das Auto war wieder heil, die Grube wieder zu.
Ach, bevor ich es vergesse, die Fensterheber hielten genau drei Tage dann gab der rechte den Geist auf.

Danach kauften wir für viel Geld die originalen Fensterheber und die hielten bis zum Unfall.
Die Story erzähle ich euch in einem anderen Kapitel.

Meine Tochter war elf Jahre lang ein Einzelkind, dann beschlossen wir noch einen Erdenbürger herzustellen. Es dauerte auch nicht lange, gerade mal 9 Monate und ein paar Tage dann kam unser Sohn Tobi auf die Welt. Und ihm verdanken wir einen unvergesslichen Restaurantbesuch.
Mein Mann und ich waren einen Abend zuvor in einem kleinen Automatencasino und mein Mann hatte ungefähr 200 Euro gewonnen.
Am nächsten Tag waren meine Schwägerin mit ihrem Mann und der Tochter zu Besuch, fragte mein Mann ob wir beim Griechen essen gehen wollten.
Da ich sowieso keine Lust hatte zu kochen, willigte ich erfreut ein.
Meine Schwägerin, die mitbekommen hatte das wir essen gehen wollten fragte ob es in Ordnung wäre wenn sie und ihr Anhang mitgehen würden.
Für mich und meinen Mann war es kein Problem, so hatte jeder von uns jemanden zum Quatschen.
Nicht das du jetzt denkst mein Mann und ich haben uns nichts mehr zu sagen, denn auch heute nach 39 gemeinsamen Jahren geht uns der Gesprächsstoff immer noch nicht aus.
An diesem Tag hatte meine Schwägerin etwas Stress mit ihrem Mann und man merkte es an der Stimmung, doch mir war es ehrlich gesagt egal.
Ich freute mich auf das leckere Essen und den gratis Uzzo den es bei unserem Griechen immer gab und das nicht zu knapp.
Beim Griechen bekamen wir einen Tisch im Raucherbereich, ja sowas gab es tatsächlich mal. Der Raucherbereich war durch eine zwei flügelige Glastür vom Nichtraucherbereich getrennt. In dem Restaurant war und ist es bis heute noch üblich das vor dem Essen ein Uzzo gereicht wurde, klar könnte man mit dem trinken warten bis zum Essen, aber mal ehrlich habt ihr schonmal einen warmen Uzzo getrunken?

Der Uzzo kam, kurzes Prösterchen und runter damit. Ich trank zum Essen einen schweren Wein, mein Mann und ich hatten uns im Vorfeld darauf geeinigt das er fahren würde. Die Stimmung am Tisch war, na ja sagen wir mal so, es gab schon lustigere Abende.
Meine Schwägerin und ihr Mann sprachen nicht viel miteinander. Meine Tochter und meine Nichte hatten die ganze Zeit nur ihre Handys in der Hand. Tobi, er war damals ungefähr fünf oder sechs Jahre alt zappelte herum und ich grinste Seelig vor mich hin.
Nach dem Essen reichte es meinem Mann und er meinte giftig:
„Hätte ich gewusst wie der Abend läuft hätte ich mir mein Geld gespart."
Unsere Tochter stand auf und ging mit unserer Nichte nach draußen. Tobi wollte unbedingt mit den zwei Mädchen und wir ließen ihn. Es gab noch eine Runde Uzzo und ich trank den von meinem Mann gleich mit. Ich war mittlerweile ziemlich dicht und grinste einfach nur vor mich hin.
Gerade als ich in Richtung Glastür schaute sah ich Tobi der fröhlich angerannt kam.
Ich dachte damals noch, er wird doch noch bremsen?
Als es auch schon schepperte und mein Sohn ungebremst gegen die geschlossene Glastür rannte.
Er fiel rückwärts um, die übrigen Gäste waren sofort ruhig und es dauerte einen Moment in dem totenstille herrschte, bis Tobi Luft geholt hatte und zu schreien begann.
Schlagartig war ich vom Gefühl her nüchtern und erhob mich, mein Mann war jedoch schneller und erreichte unseren Sohn als erstes.
Er hob ihn hoch und brachte ihn zu mir.
Immer noch weinend hielt ich meinen Sohn im Arm. Er hatte eine richtig fette Beule an der Stirn.
Die Restaurantangestellte kam und brachte uns ein kaltes nasses Tuch, das wir vorsichtig auf die Beule legten.
Nachdem unser Sohn nach einer gefühlten Ewigkeit aufgehört hatte zu weinen verließen wir das Restaurant.
Mein Mann und ich beschlossen mit dem Kleinen in ein Krankenhaus zu fahren damit die mal schauen konnten ob er vielleicht eine Gehirnerschütterung hatte.

Wie gehabt, mein Mann fuhr und als wir am Krankenhaus ankamen fand er keinen Parkplatz und so musste ich mit unserem Sohn in die Notaufnahme.
Sicher denkst du jetzt, klar du bist die Mutter, vergiss aber nicht ich hatte jede Menge getrunken.
Was noch dazu kam war, dass Tobi hinterm Ohr eine große Schramme hatte die in allen Farben schimmerte weil er ein paar Tage zuvor mit dem Ohr beim Fußballspielen ans Tor geknallt war.
Der Arzt betrachtete sich gleich beide Verletzungen und runzelte dabei die Stirn.
Er fragte auch ob ich mit meinem Sohn alleine lebte. Ich denke, wenn ich ja gesagt hätte hätte er mir bestimmt das Jugendamt geschickt, ich war mir damals sogar sicher dass er es trotzdem einschalten würde.
Die Verletzungen waren nur oberflächlich und Tobi hatte zum Glück keine Gehirnerschütterung.
Vom Jugendamt hörte ich nie etwas…

Oh, da fällt mir noch was ein.
Sandra wurde 18 und wir wollten natürlich wissen ob und wie sie feiern wollte.
Ihr erster Wunsch war es mit uns (ihren Eltern, ihrem Bruder und Opa Sigi) einmal in das neue Chinarestaurant essen zu gehen. Oma konnte nicht mit den sie lag mit einer Knie OP im Krankenhaus.
Wir sind also an Sandras großem Tag zu fünft mit dem Auto nach Worms gefahren und ab in das große Chinarestaurant. Wir hatten extra einen Tisch reserviert und entschieden uns für die all you can eat Option.
Ist schon recht praktisch, du zahlst einen festgelegten Betrag und kannst soviel essen wir du willst.
Da wir nicht alle fünf gleichzeitig zum Buffet rennen wollten gingen wir teilweise zu zweit oder allein.
So auch unser Opa Sigi.
Wir saßen dann zusammen und jeder aß was er sich herausgesucht hatte.
Ich hatte glaube ich irgendwas mit Ente.
Mein Schwiegervater Opa Sigi hatte sich für eine Suppe entschieden und löffelte vor sich hin.

Irgendwann zwischen zwei Löffel meinte er:
„Gut, aber ziemlich scharf."
Mein Mann schaute seinen Vater an und erwiderte:
„Wenn es dir zu scharf ist lass sie stehen, du musst die Suppe nicht essen."
Opa Sigi hörte nicht auf den Rat seines Sohnes und aß das ganze Schälchen. Zwischendrin schaute ich kurz zu meinem Schwiegervater und sah, dass er Schweißperlen auf der Stirn hatte. Die Suppe schien tatsächlich ziemlich scharf zu sein. Er trank auch auffällig oft an seiner Schorle.
Er bestellte sogar noch eine zweite Schorle und meinte zu der chinesischen Kellnerin:
„Suppe gut, aber scharf."
„Ja scharf", war die Antwort.
Als er die Suppe fertig hatte ging er mit meinem Mann zum Büffet um sich mit einer Hauptspeise zu versorgen. Als beide zurück kamen grinste mein Mann über alle Backen. Er setzte sich und erklärte uns lachend das die Suppe die sich sein Vater geholt hatte gar keine Suppe gewesen war sondern Soße. Opa Sigi hatte nämlich seinem Sohn gezeigt woher die Suppe war. Auf dem kleinen Schildchen stand sogar darauf das es Soße war und unten drunter stand EXTRA SCHARF!
Wer lesen kann ist klar im Vorteil.
Natürlich haben wir alle gelacht, sogar mein Schwiegervater. Damit war es aber noch nicht genug. Schwiegervater holte sich Salat und als er mit dem Salatteller zurück kam sah ich das er beim Salat richtig zugeschlagen hatte. Der Teller war voll mit verschiedenen Salatsorten irgendeiner weißen Pampe und das ganze garniert mit Thunfisch.
Geschmacksache sagte der Affe als er die Seife aß!
Während wir uns über unser Essen hermachten sagte mein Schwiegervater:
„Die haben ja gute Sachen, vom Geschmack her sehr ungewohnt."
„Schmeckt es dir nicht?"
„Doch doch, aber ungewohnt."
Ich hatte dann auch noch mal Lust auf Salat und ging zu dem Salatbuffet. Dort standen auch die Nachspeisen und als

mein Blick auf den Vanillepudding fiel dämmerte mir was mein Schwiegervater da gerade aß.
Ich rief ihn kurz zu mir ans Salatbuffet und bat ihn mir zu zeigen was er sich herausgesucht hatte.
Und ich hatte recht!
Salat mit Vanillepudding und das ganze garniert mit Thunfisch, kotz!
Hut ab, mein Schwiegervater aß es jedoch auf. Ist halt der alte Schlag der nichts wegwirft.
Heute viele Jahre später hat die „Wir werfen nichts weg", Mentalität meines Schwiegervater dafür gesorgt dass er im Januar 3 Wochen mit Salmonellenvergiftung im Krankenhaus lag und das war kein Spaß.

Irgendwann war ich mit drei Kolleginnen in Worms in einer kleinen neueröffneten Pizzeria. Eine der Kolleginnen war sogar Italienerin. Wir bestellten zuerst Getränke, ich trank einen Rotwein der mir gleich zu Kopf stieg. Dann kam der Kellner und wir bestellten Pizza. Zuerst die zwei anderen Kolleginnen, dann die italienische Kollegin und dann ich. Der Kellner fragte uns wie wir die Pizzen wollten und die italienische Kollegin sagte:
„Medio."
Ich verstand allerdings nicht medio sondern medium.
Der Kellern notierte es und schaute dann mich an.
„Ähm ich will meine Pizza aber nicht medium sondern durchgebacken!"
Die anderen inclusive der Kellner lachten über mich und ich verstand gar nicht warum.
Die Italienerin klärte mich dann auf. Es hieß nicht medium sondern medio und bedeutete auf Deutsch mittel.
Nun schmunzelte sogar ich, denn ich habe mich schon über den Geschmack der Italienerin gewundert. Pizza halb durch wer um Gottes willen aß schon so etwas?

Zum Abschluss noch ein Erlebnis das ich und alle beteiligten bestimmt nie mehr vergessen werde.
Meine Schwester Ela, meine Mutter Katharina sowie meine beste Freundin Anja flogen einmal im Jahr für ein oder zwei Tage zusammen weg.

Immer mit dem 99 Cent billig Flieger. So kamen wir in Mailand an und hatten irgendwann Hunger. Den Großteil unserer Reisen verbrachten wir immer mit der Suche nach etwas zu essen.
Wir waren ja geizig und wollten kein Vermögen für das Essen ausgeben.
In Mailand fanden wir dann auch eine Pizzeria und hatten sogar das Glück das der Kellner etwas Deutsch sprach.
Ich, meine Mutter und Anja bestellten uns einfach nur eine Pizza. Nur meine Schwester Ela fiel aus der Rolle und bestellte sich einen Salat. Die Bestellung kam und während wir drei anfingen unsere Pizzen zu schneiden griff meine Schwester nach dem Gewürzstreuer. Sie dachte zumindest dass es ein Gewürzstreuer war. Ich wusste das es sich um den Pfefferstreuer handelte. Hätte ich geahnt das meine Schwester es nicht wusste hätte ich etwas gesagt. Doch so sah ich aus dem Augenwinkel das meine Schwester streute und streute und streute.
Mittlerweile hatten meine Mutter, Anja und ich aufgehört zu essen und schauten meiner Schwester zu wie sie immer weiter Pfeffer auf ihren Salat streute.
Dann war sie fertig und stocherte sich eine Gabel voll Salat, öffnete den Mund und schob die Gabel mit dem Salat hinein.
Es dauerte nur ein paar Sekunden bis ihre Geschmacksnerven reagierten.
Sie bekam große Augen, die sich sofort mit Tränenwasser füllten und verzog ihren Mund.
Ganz ehrlich, diesen Anblick werde ich nie mehr vergessen.
Schnell schluckte meine Schwester den Salat unzerkaut hinunter und griff nach ihrem Getränk.
Wir schwiegen immer noch.
Ela trank und trank….
Als das Glas leer war stellte sie es weg.
„Scheiße, brennt das. Verdammt was war das für ein Gewürz?“
„Gewürz? Das war schwarzer Pfeffer!“, sagten wir drei fast gleichzeitig und begannen schallend zu lachen.
Wir lachten so lange bis wir uns fast in die Hosen machten.

Einen Tag später wurde Anja und ich zum Objekt des Spottes. Wir waren den lieben langen Tag durch Mailand gelatscht, uns taten die Füße weh und wir wollten irgendwo was trinken.
Schnell hatten wir einen kleinen freien Platz in einem Eiscafé gefunden. Wir setzten uns und nahmen die Eiskarten. Bei den Preisen verschlug es mir kurz die Sprache. Die wollten allen Ernstes 8 Euro für einen Bananensplitt. Bei uns in Deutschland kostete der damals noch 3 Euro 50. Ich überlegte laut bis Anja meinte:
„Gönne es dir einfach mal, wer weiß ob wir nochmal nach Mailand kommen. Dann kannst du wenigstens damit angeben."
Wo sie recht hatte hatte sie recht, man lebt nur einmal.
Die Bedienung kam, ich bestellte mir den Bananensplitt, meine Mutter und Ela nur eine Cola. Anja, unser Kaffeejunkie bestellte einen Tasse Kaffee.
Sie sagte sogar noch zu der Kellnerin:
„No Espresso, Koffee."
Die Bedienung schrieb alles auf und machte sich auf den Weg nach drinnen.
Es dauerte fast eine viertel Stunde bis sie endlich mit einem Teil unserer Bestellung kam.
Sie brachte die zwei Cola und meinen Bananensplitt.
Als ich den Bananensplitt sah fiel ich vom Glauben ab, ehrlich.
Der 8 Euro teure Bananensplitt bestand aus einem Bällchen Eis und zwei Babybananen. Ela, meine Mutter und Anja brachen in schallendes Gelächter aus. Mein Gesicht muss wohl Bände gesprochen haben.
Die drei lachten auch noch als die Bedienung ein zweites Mal kam um Anjas Kaffee zu bringen. Als ich die Tasse sah lachte ich. Espresso!
Anja Gesicht wurde dezent rot, sie schaute die Bedienung böse an und sagte mit erhobenen Händen:
„No Espresso, Koffee. A big Cup of Koffee."
Mit gerunzelter Stirn nahm die Bedienung die Tasse wieder mit um dann eine Minute später wieder zu kommen. Dieses mal mit einer großen Tasse, Anja atmete schon auf bis zu dem Moment wo sie sah das sich in der großen Tasse der

Espresso befand und die Tasse gerade mal zu zwei Fingerbreit gefüllt war.
Das meine Mutter, Ela und ich nicht vor Lachen von den Stühlen gefallen waren war wirklich alles.
Anja gab auf und würgte das Gebräu mit Abscheu im Gesicht herunter. Wir erlebten noch viel mehr Pannen bei unseren Ausflügen, doch dazu komme ich vielleicht später. Nur so viel, wenn wir, was leider extrem selten ist in der Reiseformation zusammen kommen lachen wir heute noch über unsere Erlebnisse in Mailand.

## Man muss nicht immer Essen gehen, ich kann auch kochen, oder?

Ich bewundere Menschen die noch richtig kochen können, nur so viel, ich kann es nicht. Mir fehlen nicht nur die Kenntnisse dazu sondern auch das Interesse.
Und das schlimme ist, dass ich mein nicht vorhandenes Talent an meine Tochter weitergeben habe. Den die kommt in diesem Kapitel auch vor.
Als ich bereits bei meinem Mann wohnte besuchte ich die Berufsbildende Schule in Worms. Dort hatten wir noch so richtigen klassischen Kochunterricht. Dazu gab es dann auch noch ein Kochbuch, welches eigentlich Idioten sicher war. Viele Rezepte endhielten sogar Bilder wie was gemacht wurde. Ich habe das Kochbuch heute noch!
In einer der Kochstunden machten wir einen versunkenen Apfelkuchen und der war echt lecker.
Klar wollte ich den für meinen Mann und seine Eltern nachbacken. Zuhause schaute ich ob wir genug Äpfel hatten und als das der Fall war schälte ich 1,5 Kg Äpfel und schnitt sie zurecht. Dann machte ich mich an den Teig. Ich schlug die Eier auf, wog den Zucker ab und gab ihn zu den Eiern. Jetzt fehlte nur noch 250 gr. Margarine. Ich nahm die Margarinenpackung aus dem Kühlschrank und sah das die Packung nur noch 50 gr. Margarine enthielt. Jetzt stand ich ratlos da und überlegte. Wir hatten damals im Keller verschieden Vorräte und so lief ich schnell in den Keller. Ich durchsuchte die Regal, doch Margarine war keine mehr da.
Und dann fiel mein Blick auf die Fritteuse und ich grinste.

Schnell lief ich nach oben in die Küche, holte einen Löffel und eine Schüssel und lief damit wieder zurück in den Keller.
Dort kratzte ich mir Frittierfett aus der Fritteuse und ging damit zurück in die Küche. Ich mischte den Rest Margarine, das Frittierfett mit den Eiern und dem Zucker. Sah alles ganz normal aus.
Nachdem der Teig fertig war gab ich ihn mit den Äpfel in eine Backform und backte ihn ganz nach Vorschrift.
Als er fertig war sah er genauso aus wie der Kuchen in der Schule und nachdem er abgekühlt war schnitt ich ihn an und gab meinem Mann, meinem Schwiegervater und meiner Schwiegermutter voller Stolz ein großes Stück von meinem Apfelkuchen.
Klar beobachtete ich sie beim Essen, ich selbst wollte kein Kuchen ich hatte ja in der Schule genug davon gegessen.
Alle drei aßen und lobten mich anschließend.
Geschmacklich wäre der Kuchen super, war die einhellige Meinung meiner lieben.
Eine Stunde später meinte mein Mann allerdings das das Stück Kuchen ziemlich schwer im Magen lag. Der Meinung waren auch meine Schwiegereltern.
„Liegt eventuell am Frittierfett?“
Die Augen meiner Lieben wurden groß und Schwiegermutter fragte:
„An welchem Frittierfett?“
Ich klärte die drei auf und sie schüttelten den Kopf.
Ich habe dann erst einmal nichts mehr gebacken…
Doch auch beim Kochen bin ich ehr eine Niete, meistens koche ich irgendwas mit Maggi Fix und das sieht dann sogar fast so aus wie auf den Bildern.
Das soll jetzt nicht heißen das ich nicht probiert hätte Dinge selbst zuzubereiten!
Einmal, ich wollte Gulasch ungarischer Art machen, hatte ich die geniale Idee dem Gulasch mal etwas mehr Würze zu verleihen. Ich als rein in mein Auto und ab damit zum Edeka. Dort kaufte ich ein Glas Peperoni und fuhr damit heim. Statt mal zu lesen was man damit eigentlich genau machte, schnitt ich 5 – 6 der Peperoni klein und schmiss sie

zum Gulasch um sie die Zeit die der Gulasch zum garen brauchte mitzukochen.
Nachdem ich alles fertig hatte servierte ich meinem Mann seinen Teller mit Nudeln und dem Gulasch und nahm mir auch ein Portion.
Schon bei den ersten Bissen begannen wir zu schwitzen und es brannte auf der Zunge. Tapfer aßen wir beide unsere Teller leer. Mittlerweile standen meinem Mann und mir der Schweiß auf der Stirn und unsere T-Shirts waren ebenso durchgeschwitzt.
„Ganz schön scharf", stellte mein Mann fest.
„Ja ich weiß auch nicht, ich habe nur 5 oder 6 von den Peperoni dazu getan."
Daraufhin wollte mein Mann das Glas sehen, ich zeigte es ihm und er schlug daraufhin die Hände über dem Kopf zusammen.
„Das sind keine Peperoni du hohle Nuss, das sind Pfefferoni. Davon nimmt man höchstens eine und die kocht man auch nur kurz mit."
Das mit dem Gulasch hatte sich dann erst einmal erledigt.
Vor ein paar Jahren hatte ich einen feinen Rinderbraten gekauft und wollte ihn Samstagnachmittags zubereiten, irgendwas war dann allerdings auf der Arbeit und ich wusste das es bei mir später werden würde.
Der Rinderbraten brauchte aber eine gewisse Zeit in der er schmorren musste und wenn wir nicht so spät essen wollten musste ein Lösung her. Ich rief deshalb meine Tochter zuhause an.
„Hallo Sandra, ich komme später. Könntest du dich um den Rinderbraten kümmern?"
„Ich?", fragte meine Tochter und man hörte ihre Überraschung heraus.
„Ja du! Ist gar nicht so schwer. Wir haben im Schrank zwei Päckchen Fix für Schmorbraten und da steht hinten drauf wie es gemacht wird. Lesen kannst du ja wohl."
Meine Tochter schluckte schwer, versprach aber alles vorzubereiten.
Es dauerte knapp eine Stunde bis Sandra mich anrief.
„Sag mal Mama, ist es normal das es beim Kochen streng riecht?"

„Ähm, kann schon sein. Füll mal Wasser nach, vielleicht ist es zwischenzeitlich verkocht.“
Eine halbe Stunde später kam ich nach Hause, bereits in der Einfahrt roch ich was Sandra meinte. Normal war der Geruch nicht der aus dem gespaltenen Küchenfenster kam.
Meine Tochter kam mir im Flur entgegen und sprudelte gleich los.
„Ich habe Wasser aufgefüllt wie du es gesagt hast aber in dem einen Topf ist noch drinnen gewesen.“
„In dem einem Topf?“
„Äh ja.“
Mir schwante schlimmes.
Ich ging in die Küche und da standen tatsächlich zwei Töpfe auf dem Herd. In einem befand sich die Soße im zweiten das Rindfleisch. Meine Tochter hatte den Braten fast zwei Stunden lang ohne die Soße geschmorrt!
Das Fleisch war nicht mehr zu retten. Es war zäh wie juchte sodass selbst der Hund nichts damit anfangen konnte.

Als irgendwann in den achtziger die ersten Mikrowellengeräte raus kamen kaufte meine Schwiegermutter eins dieser Teile.
Das Ding hatte schlappe 800 Mark gekostet und natürlich waren wir gespannt was das alles konnte.
Wir taten einen Hamburger, den wir an einem Imbiss mitgenommen hatten komplett mit allen Zutaten für fünf Minuten in die Mikro.
Wie die kleinen Kinder standen wir zu dritt vor dem Gerät und schauten dem Hamburger auf dem Drehteller zu.
Hätten wir vorher besser mal die Anleitung gelesen.
Nach fünf Minuten war der Hamburger fertig, denn das Gerät machte Blink und der Drehteller blieb stehen. Ich weiß nicht mehr wer den Hamburger raus holte, doch bereits das Hamburgerbrötchen war nicht nur sehr heiß das Brötchen war steinhart.
Von den Beilagen die üblicherweise auf einem Hamburger zu finden sind war nichts mehr zu sehen und die Scheibe Fleisch war zäh wie juchte. Ich schwöre dir damit hätte man locker ein Auto abschleppen können.

Meine Tochter war 13 oder 14 als sie mich anrief und fragte ob sie eine Pizza machen könnte. So richtig selbst gemacht. Natürlich stimmte ich sofort zu. Vielleicht hatte sie Talent, dachte ich zumindest damals.
Da ich noch länger unterwegs war rief ich sie nach gut einer Stunde an und erkundigte mich nach dem gelingen ihrer Pizza. Eigentlich konnte dabei nichts schief gehen, sie hatte ja mein Schulkochbuch mit den Bildern, oder?
Deshalb war ich um so überraschter als Sandra mich fragte was denn der Backbereich wäre.
Hier kurz unser Telefonat:
„Hallo Mama, was bitte ist der Backbereich?"
„Ähm, was meinst du?"
„Na den Backbereich."
„Ähm das ist der Bereich wo du backst?"
„Im Kochbuch steht man soll den Backbereich fetten."
Ich überlegte kurz ob ich das so schon einmal gelesen hatte und kam zu dem Schluss NEIN.
„Bist du dir sicher das da steht den Backbereich fetten?"
„Ja!"
„Und was hast du gemacht?"
Das kurze zögern meiner Tochter behagte mir überhaupt nicht.
„Na den Bereich gefettet."
„Welchen genau?", fragte ich mit einer komischen Vorahnung.
„Den über der Backofentür."
Sie wird doch nicht die Backofentürdichtung eingefettet haben, dachte ich entsetzt.
„Die Backofentürdichtung?"
„Nein, darüber den Bereich."
Oh mein Gott, was hatte mein Kind getan?
„Pass auf, ich bin gleich daheim dann helfe ich dir."
„Ist gut, die Pizza ist schon im Ofen."
Ein paar Minuten später war ich zuhause und meine Tochter erklärte mir was sie gemacht hatte.
Ich grinse heute noch darüber!
Sandra hatte statt Backblech wohl Backbereich gelesen und jetzt kommts, sie hatte das Ceranfeld vorher gereinigt und es dann anschließend mit Margarine und einem Pinsel

eingestrichen. Nachdem sie fertig war, dämmerte ihr das die Aktion wohl nicht ganz richtig war. Denn warum sollte sie das Ceranfeld einfetten wenn sie die Pizza doch im Backofen machte und nicht auf dem Ceranfeld.
Sie reinigte das Ceranfeld wieder und ehrlich ich hatte noch nie so ein glänzendes Ceranfeld wie nach dieser Aktion.

Das war aber nicht das einzige was meine Tochter verbockt hatte, es gab noch etwas das das ganze toppte.
Es war Spargelzeit und wir aßen gerne Spargel am besten mit Eierpfannenkuchen. Ich war mal wieder bei der Arbeit und Sandra wollte sich um das Essen kümmern.
Sie rief mich an und ich sagte ihr das ich Maggi Fix für Sauce Hollandaise im Schrank hatte. Damit konnte eigentlich nichts schief gehen. Das Rezept für Eierpfannenkuchen stand ja auch im Schulkochbuch.
Soweit so gut.
Als ich an diesem Abend nach Hause kam, ging es meinem Mann nicht so gut. Er hatte Magenprobleme und Durchfall, da meine Tochter gekocht hatte lag die Vermutung nahe das ihr Essen etwas damit zu tun haben könnte.
So war es dann auch!
Zubereitung nach Fix:
Beutelinhalt in 125 ml kaltes Wasser einrühren, aufkochen 125 gr. Butter dazu. Den gekochten Spargel in die Sauce, fertig.
Zubereitung nach Sandra:
Beutelinhalt in 125 gr. zerlassene Butter einrühren, Spargel dazu fertig…..

Ich gehe davon aus das Sandra aufgrund ihrer ersten Diät im Babyalter das Talent zum Kochen verloren hat und daran bin ich schuld.
Sandra kam 1992 zur Welt, sie war ein Kaiserschnittbaby. Nein, kein Wunschkaiserschnitt. Es gab Probleme bei der Geburt und sie mussten sie holen.
(Ich gehe davon aus das sie auf Grund ihrer Desorientierung einfach nicht den Weg gefunden hatte, grins)

Viele werden jetzt sagen, oh was für eine schlechte Mutter, denn ich hatte während und nach der Schwangerschaft geraucht und stillte deshalb nicht.
Es gab ja passende Ersatzmilch.
Die ersten paar Wochen bekam Sandra Pre Aptamil. Dann stellte ich sie um auf Schmelzflocken.
Bei Schmelzflocken mischt man die Zutaten wie folgt: Schmelzflocken, Milchzucker und ja normalen Zucker mit Pre Milch. Habe ich auch gemacht, ohne richtig zu lesen wie viel von allem.
Sandra weinte ein paar Tage ziemlich viel, ich gab ihr die Flasche damals auch immer zu festen Zeiten.
Irgendwann stand mein Mann neben mir und schaute mir zu wie ich die Nahrung für Sandra zubereitete.
„Denkst du das ist so richtig?", fragte er mit gerunzelter Stirn.
„Klar, steht so drauf."
Er nahm sich die Packung mit den Schmelzflocken und las.
„Wie viel hast du von den Schmelzflocken nochmal genommen?"
Ich nannte ihm die Anzahl von Löffeln und er schüttelte den Kopf.
„Hast du gesehen das die Anzahl pro Flasche ist?"
„Pro Flasche?"
„Ja, pro Flasche!"
Darauf hin schütteten wir alles was ich bis dato abgefüllt hatte weg und machten die Babymilch noch mal neu.
Ich richtete immer mindestens 4 Flaschen vor und hatte das Rezept falsch gelesen. Ich hatte die Zutaten auf 4 Flaschen anstatt auf eine aufgeteilt.
Tja und was soll ich sagen?
Nachdem Sandra nun die richtige Mischung bekam schrie sie auch nicht mehr so oft…….

## Wenn man eine Reise macht oder auch im Urlaub kann etwas schieflaufen

Eine Zeitlang machte ich mit meiner Familie nur Urlaub an der Nord oder Ostsee, bevor wir irgendwann doch mal ins Ausland flogen.
Einer der Ostseeurlaube hatte es ziemlich in sich.
Wie immer hatten wir uns ein kleines Häuschen gemietet und die Beschreibung im Internet hielt was sie versprach.
Es waren höchstens 250 Meter bis zum Meer, wir hatten ein eigenes Grundstück mit einer kleinen Fass Sauna. Also alles was man für einen gelungenen Urlaub eben braucht.
Zum damaligen Zeitpunkt gab es auf den Handys bereits Internetflats doch das Datenvolumen war alles andere als hoch.
Jeder der schon einmal in Deutschland an der Ostsee Urlaub gemacht hat, kann bestätigen das wenn man von 7 Tagen Urlaub vier Sonnentage dabei hatte man sich glücklich schätzen konnte.
So war das auch bei uns.
Klar unternahmen wir trotz Regen verschiedene Dinge, zumal unser Sohnemann damals gerade 6 Jahre alt war.
Kinder in dem Alter langweilen sich sehr schnell und nerven dann nur noch.
Da man seine Kinder ja auch nicht einfach aussetzen darf muss man sich halt etwas einfallen lassen, zumindest für die Abende.
Weder mein Mann noch ich, geschweige denn Sandra die damals 17 Jahre alt war, hatten auch nicht jeden Abend Lust den Unterhalter von einem 6-Jährigen zu spielen. Da lag es

Nahe ihm ein Handy in die Hand zu geben, dann konnte er wenigstens YouTube schauen. Somit nervte er wenigstens nicht die ganze Zeit.
Es dauerte nicht lange und er wechselte von dem Handy seiner Schwester zu dem Handy von meinem Mann. Dann war mal wieder Ruhe bis er fragte ob er meins haben konnte. Ahnungslos gab ich ihm mein Handy, bis ich meinen Mann eine geraume Zeit später schimpfen hörte. Unser Sohnemann hatte es in kurzer Zeit geschafft und von allen drei Handys das Datenvolumen zu verbraten.
Mein Mann hatte sich dann im Vergleich zu heute für viel Geld Datenvolumen nach gebucht.
In genau dem Urlaub haben wir dann auch noch die Idee Pizza zu bestellen, über einen Lieferdienst, den wir hatten keine Lust in der Gegend herumzufahren.
Sandra, die in so Dingen richtig fit war, suchte im Internet einen Lieferdienst, rief an und bestellte.
Natürlich für jeden eine eigene Pizza.
Man versprach uns schnellstmöglich zu liefern doch es dauerte und dauerte und dauerte.
Nach eineinhalbstunden rief Sandra nochmals dort an und fragte nach. Angeblich war der Pizzamann bereits auf dem Weg zu uns.
Es dauerte nochmals eine halbe Stunde bis der Typ endlich kam. Uns hing schon der Magen auf dem Boden und die Laune von uns allen war im Keller.
Hunger ist in unserer Familie ein wahrer Stimmungskiller.
Sandra nahm eins unserer Portemonnaies und nahm die Pizzen im Empfang. Ich war gerade in der Küche um Besteck zu holen und ich hörte wie mein Mann sagte:
„Du hast knapp fünfzig Euro bezahlt?“
Ich schluckte, (damals kostete eine Pizza im Durchschnitt 7 bis 9 Euro) nahm das Besteck und ging ins Wohnzimmer, wo auch ein Esstisch stand.
Das erste was ich bemerkte war, dass die Kartons in denen die Pizzen geliefert wurden sehr groß waren, so groß das ich selbst große Augen bekam und das heißt schon was.
Wie die Weihnachtsmänner standen meine drei um den Esszimmertisch und starrten auf die Kartons. Ich stellte mich dazu und ich weiß nicht mehr wer schlussendlich den

ersten Pizzakarton aufgemacht hat, doch was da zum Vorschein kam rechtfertigte den Preis.
Ich sage nur Wagenrad!
Jeder von uns schafften wir gerade so eine halbe Pizza und obwohl mir mein Geld schon leid tat lachten wir an diesem Abend noch sehr viel über unsere Wagenradpizzen.

Ich glaube es war 2013 als mein Mann, unser Sohn und ich das erste Mal nach Tunesien auf die Insel Djerba geflogen sind um dort Urlaub zu machen. Sandra befand sich damals in ihrer zweiten Ausbildung und konnte deshalb nicht mit. Der Urlaub verlief sehr entspannt. Viel Sonne viel Ruhe und viel Essen. Natürlich telefonierten wir fast täglich mit unserer Tochter über WhatsApp und logischerweise war sie neidisch. Wir versprachen dann auch im folge Jahr mit ihr nochmal auf die Insel und sogar ins selbe Hotel zu fliegen. Schnell war es dann soweit und ich buchte nochmals einen Familienurlaub und buchte ein Familienzimmer.
2014 war unser Sohn 11 und unsere Tochter war knapp 22. Noch vor dem Urlaub meinte mein Mann das es doch besser wäre wenn wir statt eines Familienzimmers zwei Doppelzimmer genommen hätten. Er bat mich deshalb im Reisebüro anzurufen und zu fragen ob man das im Nachhinein noch ändern könnten.
Dort versprach man mir zu schauen ob noch was zu ändern ging und für mich war das Thema damit auch erledigt.
Mit jedem Tag den der Urlaub näher kam stieg zumindest bei mir die Vorfreude.
Wir fuhren am Abreisetag zum Frankfurter Flughafen und bereits die Fahrt dorthin war anstrengend. Ich fuhr unser Auto, ich fahre gerne und mein Mann navigierte. Er arbeitete damals im Außendienst und kannte die Autobahn wie seine Westentasche. Zusätzlich lief das Navi und ich sah die Strecke im Tacho vom Auto.
Es nervte mich das mein Mann immer zwischen das Navi quatschte.
„Blinker dann rüber.“
„Ordne dich rechts ein.“
„Ordne dich links ein.“
„Gas.“

„Langsamer."
So ging es fast bis Frankfurt. Ich wollte jedoch kein Streit vom Zaun brechen und hielt zur Abwechslung die Klappe.
Am Flughafen hatten wir einen Parkplatz gemietet und kamen zeitig dort an.
Bewaffnet mit den Koffern und dem Handgebäck quälten wir uns zum Terminal. Die üblichen Formalitäten gingen dann auch recht schnell und schon waren wir in dem Bereich wo die ganzen Duty-free Läden waren.
Mein Mann, meine Tochter und ich waren damals noch Raucher. Der Unterschied zwischen meiner Tochter, mir und meinem Mann bestand darin, dass er nur selbst gedrehte Zigaretten raucht. So richtig ohne Filter und mit ständig Tabakfetzen im Mund.
Ich meine das wir für ihn damals zwei Päckchen Tabak mit Blättchen dabei hatten und er wollte in einem der Duty-free Läden noch Tabak kaufen, zwei Päckchen Tabak würden ihm nie für 9 Tage Urlaub reichen.
Mit einem Blick auf die Uhr sagte ich zu ihm:
„Hey Schatz lass uns in Tunesien Tabak kaufen das wird zeitlich ziemlich knapp."
Und was soll ich sagen, er hörte doch tatsächlich auf mich!
Wir gingen zu unserem Shuttle Bus der uns zum Flieger bringen sollte, setzten uns hinein und warteten bis er endlich abfuhr.
Doch er fuhr und fuhr nicht.
Jeder starke Raucher weiß das mit jeder Minute die ohne die Kippe vergeht auch die Stimmung vergeht, gell?
So war es auch bei meinem Mann.
Wir mussten in dem Bus noch knapp dreißig Minuten ausharren bis der endlich losfuhr und das alles nur wegen so einem dämlichen Bayern der wohl beim Einchecken irgendein Problem hatte.
Ich atmete innerlich auf als wie dann endlich im Flieger saßen. Der Flug dauert knapp zwei Stunden und die würden wir auch noch überstehen, wenn der Flieger denn nun endlich starten würde.
Wir saßen wie die Deppen eine geschlagene Stunde im Flieger der reglos auf der Parkposition stand und wussten nicht warum der nicht endlich losflog.

Bei meinem Mann sank die Laune noch ein bisschen mehr.
Ihr könnt euch meine Erleichterung nicht vorstellen als der Flieger dann endlich abhob und zwei Stunden später in Tunesien landete.
In der Ankunftshalle sammelten wir unsere Koffer ein und dann wollte mein Mann Tabak kaufen.
Die Betonung liegt bei wollte!
Es gab dort eine Sorte, die hätte mein Mann auch geraucht doch als wir den Preis sahen verging uns alles.
In Deutschland kostete das Päckchen Tabak damals 4,35 Euro, dort wollten die dafür 8 Euro!
„Ich hab dir gleich gesagt wir kaufen in Frankfurt", knurrte mein Mann und ich wusste an seinem Tonfall das es besser war die Klappe zu halten.
Zu viert stapften wir aus dem Flughafengebäude und standen auf dem Vorplatz der mit Bussen vollgeparkt war. Irgendwo stand auch unserer der uns zum Hotel bringen sollte.
„Ihr könnt mich am Arsch lecken das ich jetzt mit so einem Bus von Hotel zu Hotel fahre. Wir nehmen ein Taxi!"
Uhi jujui hatte der ansonsten beste Ehemann der Welt eine Laune. Bereits zu dem Zeitpunkt hätte ich gerne geheult, ehrlich.
Mein Mann organisierte ein großes Taxi, verhandelte den Preis und wir stiegen ein.
Ich fragte den Taxifahrer ob er wüsste wo es Tabak gab, seine Antwort erstaunte mich dann doch etwas.
„Tabak für Hasch?"
Ich schaute meine Tochter an und die zuckte einfach mit der Schulter.
„Nein, ganz normaler Drehtabak."
„Schwierig, ich euch fahren und wir schauen."
Der gute Mann gondelte mit uns über die ganze Insel zu jedem Kiosk das sich darauf befand. Irgendwann fanden wir dann eins was tatsächlich Tabak verkaufte und ja wir zahlten 8 Euro für das Päckchen.
Blättchen zum Zigarettendrehen gab es nur in der Ausführung wie man sie für Joints benutzte und die kauften wir gleich mit.

Als wir endlich im Hotel ankamen schickte mein Mann mich direkt zur Rezeption. Ich sollte fragen ob es mit den zwei Doppelzimmer geklappt hatte.
Müde, verschwitzt und tief deprimiert ging ich wie geheißen zur Rezeption und fragte nach.
Fehlanzeige! Es hatte nicht geklappt, wir bekamen ein Familienzimmer.
Mein Herz rutsche in die Hose, daran änderte die Aussage des Hotelangestellten das wir das beste Familienzimmer bekommen hatten erst einmal auch nichts.
Ganz ehrlich? Einen kurzen Moment dachte ich ernsthaft darüber nach, anstatt zu meinem Mann und zu den Kindern zu gehen, einfach zum Meer zu laufen um mich in die Fluten zu stürzen und nach Hause zu schwimmen. Es sind glaube ich 1200 Kilometer dann wäre ich zu hause.
Ich verwarf den Gedanken und ging mit hängenden Schultern zurück um meinem Mann zu sagen das es nicht geklappt hatte mit dem Doppelzimmer.
Sein Gesichtsausdruck sagte mir das er am liebsten sofort wieder heimgeflogen wäre.
Als wir jedoch zu unserem Zimmer gebracht wurden erlebten wir eine tolle Überraschung. Wir hatten zwar ein Familienzimmer doch das bestand aus zwei getrennten Schlafräumen. Die Kinder hatten also ihr Zimmer mit einer Badewanne, mein Mann und ich hatten unser Zimmer mit Dusche. Nur den Balkon teilten wir uns.
Der Urlaub wurde dann trotzdem noch traumhaft und sehr erholsam.
Das einzige, was wir in dem Urlaub beachten mussten war, dass wenn wir um zwölf zum Essen gehen wollten mein Mann 20 Minuten vorher zu rauchen beginnen musste. Denn es dauerte dank der großen Blättchen zwanzig Minuten bis er eine Zigarette geraucht hatte.
Ach, und wusstet ihr das wenn man in Tunesien mit Blättchen und Tabak selbst dreht die davon ausgehen das man Hasch raucht?
Ganz oft wurde von Angestellten auf die Zigarette meines Mannes gezeigt und immer kam:
„Hasch Hasch!“

Die müssen gedacht haben das mein Mann Dauerbekifft ist, aber warum sollten wir sie aufklären?

Als wir das erste Mal auf Djerba waren, waren wir von allem richtig beeindruckt und wollten ein bisschen was erleben.
Was bietet sich da besser an als ein Ausflug mit einem Piratenbot zu einer echten Flamingo Insel?
Der Typ im Hotel pries uns den Ausflug an und da ich ein Fluch der Karibik Fan bin sah ich mich schon als weiblichen Jack Sparrow.
Wir buchten und das erste was ich lernen musste war, wenn es heißt der Bus der uns holen sollte kommt um 9 Uhr 00 das es nicht 9 Uhr 00 deutscher Zeit ist.
Wie für uns Deutschen üblich standen wir, mein Mann mein Sohn und ich, um 10 vor 9 vor dem Hotel und warteten auf den Bus. Eigentlich hatte ich damit gerechnet das wir aus dem Hotel gehen und der Bus schon dasteht, doch so war es nicht.
Um fünf vor neun, ich hatte bisher schon bestimmt fünf Mal auf die Uhr geschaut, war immer noch kein Bus da.
Um neun dann auch noch nicht.
Ich ging ins Hotel an die Rezeption und fragte dort ob sie wüssten was mit dem Bus war.
„Der kommt noch Madame“, sagte der Angestellte und lächelte mich an.
Scheinbar schaute ich ungläubig, denn der Angestellte begann zu lächeln und meinte:
„9 Uhr in Tunesien ist nicht wie 9 Uhr in Deutschland.“
Ich ging wieder raus zu Mann und Sohn. Mein Mann grinste und meinte das er sich sowas schon gedacht hatte.
Es dauerte noch fast fünfzehn Minuten bis der Bus endlich kam.
Wir stiegen ein und ich freute mich wie ein Schnitzel auf das Piratenboot. Ich hoffte das es Ähnlichkeit mit der Black Perl hat (Google es mal, damit du weißt was ich meine), als wir dann auf das Hafengelände fuhren fiel mir das Gesicht herunter.
Von wegen Black Perl!

Da lagen fast zehn Holzboote, immer eins neben dem anderen und keines kam annähernd an die Black Perl. Mit uns kamen noch vier oder fünf weitere vollbesetzte Busse an. Und ja alle anreisende wollten auf die „Piratenboote".
Ich war enttäuscht, beschloss aber es so zu nehmen wie es eben war und das Beste daraus zu machen.
Wir betraten eins der Boote und mit uns noch 25 andere Menschen. Hört sich nicht viel an doch für die Größe des Bootes waren es genug. Es dauerte dann noch ein paar Minuten und wir legten ab, aber nicht nur wir die anderen Boote auch. Sah schon lustig aus, Boot für Boot verließen wir den kleinen Hafen und alle mit demselben Ziel Flamingo Insel…..
Die Animateure auf dem Boot verstanden ihre Sache gut und hoben die Stimmung.
Ach, bevor ich es vergesse, auf der Fahrt aus dem Hafen gab es wohl eine untiefe und alle Gäste mussten zum Bug damit das Boot nicht über den Grund schlief.
Die Fahrt selbst dauerte gerade mal eine Stunde und dann hatten wir die Flamingo Insel erreicht.
Es war tatsächlich eine Flamingo Insel, ziemlich klein und total voll gekackt von den Vögel. Es gab auf der Insel auch fünf größere Hütten wo wir später verköstigt werden sollten.
Auf der Insel hatten wir dann zwei Stunden zur freien Verfügung. Hört sich wenig an, doch in Anbetracht der Inselgröße mehr als genug Zeit.
Auf der Insel liefen sogar die Verkäufer mit Zigaretten, Badetücher und dem üblich Kram herum. Vor denen war man nicht sicher. Kleiner Tipp, einfach nicht beachten, sonst wird man die nie los.
Wir vertrieben uns die Zeit damit am Meeresstrand barfuß zu laufen, denn das war die einzige Fläche ohne Vogelkacke.
Als die zwei Stunden herum waren gingen wir zu „unserer" Hütte. Dort wurde eine Geschichte erzählt dann gab es essen. Kuskus und Fisch. Der Fisch war klein, aber frisch gefangen und gebacken. Wir aßen trotzdem nur Kuskus.
Anschließend ging es mit dem „Piratenboot" wieder zurück.
Dieses Mal standen die Busse bereit als wir zurück kamen.

Auch wenn sich dieser Ausflug vielleicht schlimm anhört, er war es nicht und wir haben trotz alledem viel gelacht und werden ihn sicher nicht vergessen.
Ein paar Jahre später, wieder war unser Reiseziel Tunesien, flogen wir mit Sandra, Tobi (unserem Sohn) und Danny Sandras Freund in Urlaub.
Sandra war mittlerweile 27 und wohnte bereits mit Danny zusammen, deshalb freute ich mich das wir in dieser Konstellation Urlaub machten.
Jeder von uns hatte sein eigenes Hotelzimmer, selbst Tobi der erst 16 war. Er hatte ein Doppelzimmer für sich allein, war auch ganz billig!
An einem der Urlaubstage wollte wir Jetski fahren, also mieteten wir für eine halbe Stunde vier Jetskis. Mein Mann verzichtete auf das Jetski fahren, da er Probleme mit seinem Rücken hatte.
Wir fuhren also zu viert raus aufs Meer und gib ihm.
Wir holten aus den Jetski raus was ging und hatten unseren Spaß.
Nach vielleicht zwanzig Minuten bemerkte ich allerdings das an meinem Daumen etwas brannte und stellte fest das an dem Griff wo man Gas gab etwas Kunststoff fehlte und dort hatte ich mir die Haut weggescheuert. Egal, dachte ich und fuhr weiter. So eine Kleinigkeit konnte mir den Spaß nicht versauen.
Als wir fertig waren war die stelle noch etwas größer geworden, ungefähr so wie ein ein Cent Stück und es brannte unangenehm.
Da mein Lebensmotto jedoch war „ein Indianer kennt keinen Schmerz“ ignorierte ich es.
Am nächsten Tag wollten wir wieder Jetski fahren und liehen uns erneut vier aus. Die Dinger sehen für mich irgendwie alle gleich aus, doch ich war mir ziemlich sicher das Sandra meinen vom Vortag bekommen hatte. Ich sagte ihr das sie etwas aufpassen sollte da der Griff etwas kaputt war.
Nach der halben Stunde, wieder fuhren wir wie die Blöden, gaben wir die Jetski wieder zurück und Sandra zeigte mir ihren Daumen!
Ja auch sie hatte jetzt eine kleine Verletzung.

Und du wirst es nicht glauben, zwei Tage später liehen wir uns nochmals vier Jetskis aus und dieses Mal traf es Danny. Bei ihm verstehe ich es auch nicht, wir hatten ihm extra gesagt das er am Griff aufpassen sollte.
Hat er aber nicht und schon waren wir zu dritt im Kreis der Daumengeschädigten.
Bei mir und Danny heilte es auch komplett ab, nur Sandra hat heute noch eine kleine Narbe. Bei ihr heilt alles eben nicht so gut und so hat sie eine bleibende Erinnerung die ihr keiner nehmen kann.

Wie bereits im vorhergehenden Kapitel erwähnt, machten meine Mutter, meine Schwester Ela, ich und meine Freundin Anja einige kurz Urlaube. Da war schon die Anreise zum Flughafen Frankfurt Hahn ein Erlebnis. In der Regel fuhr ich, wie gehabt ich liebe Autofahren. Die Stimmung von uns allen war immer mehr als gelöst.
Ich buchte immer die Flüge und die Übernachtungsunterkünfte.
Bei den Übernachtungsunterkünften achtete ich immer darauf ein Zimmer mit vier Betten zu bekommen, was oft gar nicht so einfach war.
Wir flogen nach Barcelona und durchstreiften den ganzen Tag die Stadt. Es war warm und wir schwitzen viel.
Irgendwann landeten wir in einem Restaurant in Hafennähe.
Wir suchten uns einen Platz auf der ebenerdigen Terrasse von wo aus man einen tollen Blick auf alles hatte.
Wir bestellten und quatschten dummes Zeug. Plötzlich sah ich einen Jogger und traute meinen Augen nicht!
Meine Schwester saß mir gegenüber und ich sagte zu ihr sie sollte sich mal kurz umdrehen.
Was sie auch sofort machte, der Jogger war genau auf ihrer Höhe und ich grinste mir eins. Meine Mutter und Anja waren dem Blick meiner Schwester gefolgt und sahen was ich meinte.
Der Jogger hatte lediglich Turnschuhe und Socken an und joggte so an uns vorbei.
Seine Fleischpeitsche baumelte dabei lustig hin und her.
Meine Schwester von Natur aus sehr prüde schaute weg und wir restlichen drei lachten über sie.

„So eine Drecksau“, kam dann auch prompt der Kommentar meiner Schwester.
Der Typ war dann den restlichen Tag über das Gesprächsthema Nummer eins.
Sätze wie:
„Der hätte dir fast sein Ding ins Gesicht gehauen“, waren noch das harmloseste.
Selbst meine Schwester lachte irgendwann darüber.
Gegen Abend kamen wir im Hotel an, das Zimmer war super doch eine Klimaanlage gab es nicht und dementsprechend warm war der Raum.
Wir waren müde und hatten müde Füße, alle außer Anja trugen Turnschuhe.
Ich sollte erklären das Anja in einem Büro arbeitete und den ganzen Tag mit Pumps rumlief, dadurch waren ihre Sehnen etwas verkürzt und sie bekam in Turnschuhen Probleme.
Als wir festgelegt hatten wer wo schlief ließen wir uns auf unsere Betten plumpsen und jede von uns zog sofort ihre Schuhe aus.
Großer Fehler….
Es dauerte noch keine Minute und im Zimmer stank es nicht gerade wenig nach Käsefüßen. Sofort ging die erste von uns ins angrenzende Badezimmer und wusch sich die Füße, der Rest folgte dann auch. Brachte aber nichts, selbst in der Nacht bei offenem Fenster hatten wir noch das Käsefuß Aroma im Zimmer.
Eine unsere Reisen führte uns nach Venedig, die Stadt der Liebe.
Die Liebe interessierte uns gar nicht, wir wollten Gondelfahren und uns die Stadt anschauen. Als wir allerdings die Preise der Gondelfahrten sahen beschlossen wir mit den normalen Wassertaxis zu fahren.
Wir besorgten uns Tagesfahrscheine und schipperten so erst einmal kreuz und quer durch Venedig. Für die Nacht hatte ich uns ein Zimmer in einer Jugendherberge gebucht.
Als wir dort ankamen stellten wir entsetzt fest das es kein Vierbettzimmer war sondern so ein länglicher Raum in dem immer ein Etagenbett neben dem anderen und das auf beiden Seiten des Raumes standen.

Dazu gab es zu jedem Bett einen Metallspind den man zum Glück abschließen konnte.
Anja und ich bekamen die oberen Etagenbetten, unter mir schlief Ela und unter Anja schlief meine Mutter.
Meine Schwester war schon immer sehr prüde und es passte ihr überhaupt nicht das fremde Menschen sie beim Schlafen sehen könnten. Anja, meiner Mutter und mir war das völlig wurscht, aber Ela halt nicht.
Sie nahm deshalb ihre dünne Decke, klemmte sie zwischen meine Matratze und das Bettgestell und bastelte sich damit einen Sichtschutz.
Klar konnten wir nicht gleich schlafen und so quatschen wir noch den halben Abend.
Irgendwann meinte meine Schwester:
„Micha, kannst du mich mal auf dem Rücken kratzen?“
„Klar“, sagte ich und hängte mich kopfüber über mein Bettrand. Da ich gerade eine Flasche Cola in der Hand hatte wollte ich die Colaflasche dazu nutzen um meine Schwester mit dem Flaschenhals zu kratzen.
Ich weiß nicht warum, aber Ela ließ ihren Sichtschutz wo er war und streckte ihren Rücken leicht dagegen.
Ich mit der Colaflasche den Rücken meiner Schwester schappernd als sich dadurch wohl der Deckel gelöst hatte, vielleicht hatte ich ihn auch nicht richtig festgeschraubt. Keine Ahnung.
Auf jeden Fall fiel der Deckel runter und das Cola spritze in der Gegend herum. Der Sichtschutz bekam einiges ab, meine Schwester und der Boden blieben auch nicht verschont.
Alter, überall klebte es von dem Scheiß Cola.
Anja und meine Mutter, die alles gesehen hatten machten sich fast in die Hose vor lauter lachen.
Na gut, ich gebe es zu auch ich war kurz davor in die Hose zu machen vor Lachen.
Ela fand das damals nicht ganz so lustig, doch bereits am nächsten Tag lachte auch sie darüber.
Am nächsten Tag machten wir so eine kleine Schiffsrundreise. Nichts großartiges, einfach mit einem Wassertaxi eine vorgegebene Route mit ein paar Infos.

Meine Schwester fotografierte was das Zeug hielt. Ich glaube sie hat sogar Bilder von jedem verdammten Fisch der in Venedig nur nah genug an der Wasseroberfläche schwamm.
Aber gut, jedem Tierchen sein Blessierchen, oder so.
Irgendwann schuppste meine Schwester Anja an und meinte:
„Schau mal das Boot da drüben, die sind voll Nett die Winken extra weil ich Bilder mache."
Wir schauten alle hin und Anja meinte:
„Du Depp die Winken nicht weil sie Nett sind die Winken damit du aufhörst Bilder zu machen. Das ist eine Beerdigungsgondel. Die haben einen Sarg auf dem Schiff."
Meine Mutter und ich drehten uns weg und lachten leise.
Anja schüttelte den Kopf und meine Schwester steckte für die nächsten drei Minuten ihren Foto weg.
Tja so kann es gehen…

## Autofahren oder schlecht gefahren ist besser als gut gelaufen!

Ich denke jeder von uns der einen Führerschein besitzt hat einiges zu erzählen, so auch ich.
Ich habe 1988 meinen Führerschein gemacht, klar war ich hier und da schon im Feld gefahren (im Landbereich nichts seltenes!).
Ich hatte zwei Monate vor meinem 18 Geburtstag mit dem Führerschein begonnen, ich wollte ja an meinem 18. sofort fahren.
Das Dumme war nur das mein Fahrlehrer in der Zeit Urlaub machte. Zum Glück hatte er einen Vertretungslehrer und ich konnte bei dem weitermachen.
Mir fehlten auch nur noch ein paar Stunden: Nachtfahrt, Autobahnfahrt und noch Überland.
An dem Tag an dem die Autobahnfahrt stattfinden sollte war es warm und der Fahrlehrer holte mich mit dem 2 er Golf zuhause ab.
Ich fuhr nach Grünstadt und von dort auf die A6 in Richtung Saarbrücken, danach runter von der Autobahn und zurück auf die Autobahn wieder Richtung Grünstadt.

Ich weiß nicht mehr wie viel ich gefahren bin auf jeden Fall über 120 und dann kam ein Schild mit 80.
Da ich in der Theorie gut aufgepasst hatte wusste ich das es auch eine Motorbremse gab. Ich fuhr ja im fünften Gang! Ich kuppelte aus und wollte den vierten Gang einlegen, wollte ich echt, ich verschaltete mich jedoch und landete im zweiten Gang. Dies bemerkte ich jedoch nicht und ließ die Kupplung kommen!
Nicht gut, wirklich nicht gut.
Der Motor röhrte auf und das nicht zu knapp, zum Glück reagierte der Fahrlehrer und kuppelte sofort wieder ein. Auf seine entsetzte Frage was ich gerade gemacht hatte sagte ich mit hochrotem Kopf:
„Motorbremse?“
Gott sei dank ging der Fahrlehrer nicht näher drauf ein. War so schon peinlich genug.
Trotz alledem hatte ich wenige Tage später die Prüfungen bestanden und war stolze Besitzerin des Führerschein.
Ein eigenes Auto sollte ich erst ein paar Tage später bekommen, deshalb gab mir mein Mann (damals noch Verlobter) seinen Toyota Tercel für meine erste alleinige Fahrt von Offstein nach Worms.
Von wegen Arm im offenen Fenster oder lautes Radio. Ich glaube ich war ziemlich fertig als ich wieder zurück war und das ohne eine Delle oder einen Kratzer zu verursachen.
Mega stolz fragte ich meinen Mann und seine Eltern ob ich sie nach Alzey zum Real fahren sollte, wir könnten ja dort zu Mittag essen.
Sie nahmen mein Angebot an und wenige Minuten später saß ich hinterm Steuer. Mein Mann saß auf dem Beifahrersitz seine Eltern auf der Rückbank.
Ich fuhr los , über die Landstraße rauf auf die A 61. Auf dem Beschleunigungstreifen gab ich genug Gas und schaffte es Problemlos mich einzufädeln.
Kurz nach der Autobahnauffahrt kam dann die Talbrücke Pfeddersheim. Die Talbrücke liegt ziemlich frei und es war etwas windig.
Irgendwas hatte ich in der Theoriestunde wohl falsch verstanden, denn ich war mir sicher dass ich mit den Windböen mit lenken musste. So begann ich mit dem Auto

in meiner Spur dezente Schlangenlinien zu fahren. Als ich kurz in den Rückspiegel schaute, sah ich das meine zukünftigen Schwiegereltern ziemlich blass waren. Dann fragte auch schon mein Mann:
„Was um Gottes willen machst du?“
„Ich lenke mit dem Wind, soll man doch so machen, oder?“
„Nein, verdammt hör auf damit und halte das Lenkrad fest.“
Ich machte wie geheißen und die restliche Fahrt war dann auch für mich entspannter. Kam mir auch komisch vor so auf der Autobahn rumzukurven.
Dem Toyota haben wir auch noch einige Anekdoten zu verdanken.
Irgendwann in den Achtzigern, vor der Zeit als ich den Führerschein hatte, fuhren wir, besser gesagt mein Mann fuhr und ich spielte Discjockey oft abends spazieren. Ja die Zeit gab es, da kostete der Sprit auch gerade mal umgerechnet vierzig bis sechzig Cent pro Liter. Bei einer dieser Fahrten kamen wir an einem Auto vorbei das mit Warnblinker am Straßenrand stand. Wir fackelten nicht lange und hielten an.
Das defekte Auto gehörte einem netten älterem Ehepaar und wir boten unsere Hilfe an. Das Ehepaar fragte uns ob wir sie nach Hause (waren höchstens 5 Kilometer) fahren könnten. Ihr Auto würden sie später abschleppen lassen, Handy gab es da noch nicht.
Natürlich fuhren wir die beiden Heim und aus Dankbarkeit gaben sie meinem Mann 30 Mark. Wir freuten uns über das Geld, denn das war bei uns zu dem Zeitpunkt Mangelware.
Ein paar Wochen später fuhren wir die Schwester meines Mannes nach Mannheim ins Klinikum. Ihr Mann lag darin und sie wollte ihn besuchen. Sie besaß damals aber keinen Führerschein. Auf der Rückfahrt kamen wir an einem Auto mit Warnblinker vorbei.
„Sollen wir unsere Hilfe anbieten?“, fragte mein Mann ich nickte und sah in Gedanken bereits Geld in unsere maue Kasse kommen.
Mein Mann hielt an, unterhielt sich kurz mit dem Fahrer kam dann zurück zu unserem Auto.
„Wir fahren die kurz nach Hause.“

Hätten wir gewusst wie alles kommt glaube ich nicht dass wir überhaupt angehalten hätten.
Zu dem Fahrer des kaputten Autos gehörte noch seine Frau, drei Kinder und die Großmutter und alles stiegen zu uns ins Auto. Gedrängt wie die Ölsardinen saß die Schwester meines Mannes mit dem Fahrer, der Großmutter seiner Frau und eins der drei Kinder auf der Rückbank. Ich selbst hatte zwei der Kinder vorne bei mir auf dem Beifahrersitz auf dem Schoß. Bei der Familie handelte es sich um eine türkischen Familie und ich weiß nicht was die vorher gegessen hatten auf jeden Fall stank es fatal nach Knoblauch, da half es auch nichts die Fenster aufzumachen.
Wir brauchten gute zwanzig Minuten bis wir bei der Familie zuhause ankamen. Ich hatte während der Fahrt schon überlegt wie großzügig die wohl sein würden, doch weit gefehlt.
Am Ziel sagte der Fahrer:
„Ich dir würde geben gerne Geld, doch ich nichts haben."
Mein Gesicht fiel ehrlich gesagt herunter, doch was soll man machen? Vielleicht bekamen wir mit unserer edlen Tat wenigsten ein paar Karmapunkte, wer weiß?
Da fällt mir ein passender Witz ein.
Ein Autofahrer hält an um einen Anhalter mitzunehmen. Der Anhalter nimmt Platz und der Fahrer setzt seine Fahrt fort.
Nach ein paar Minuten sagt der Anhalter:
„Eigentlich sind sie ganz schön mutig."
„Warum?"
Na ja, einen Anhalter mitzunehmen kann doch ganz schön gefährlich sein."
„Wieso das denn?"
„Na, ich könnte zum Beispiel ein Serienkiller sein."
„Vollkommen unmöglich. Der Zufall wäre zu groß. Ich bitte sie: Zwei Serienkiller in einem Auto?"

Wir hatten den Toyota damals „Aufgewertet" in dem wir die Stoßstange umlackierten und ein Fischer Kassettendeck einbauten. Tja so war es damals wenn man kein Geld hatte. Mein ganzer Stolz war aber ein riesiger Adler Aufkleber auf der Motorhaube, den ich sogar selbst ausgeschnitten hatte.

Mein Mann klebte ihn dann sorgsam auf. Sah richtig geil aus.
Irgendwann abends fuhren wir durch Abenheim als uns ein kleiner Pritschenwagen entgegen kam, soweit so gut, allerdings löste sich von seiner Ladefläche eine Stange und landete auf unserer Motorhaube. Das Auto musste in die Werkstatt, die Motorhaube wurde ausgebeult und neu lackiert. Endlich war sie damit auch frei von allen kleinen Kratzer richtig toll so eine neu lackierte Motorhaube. Den Adler haben wir natürlich auch wieder aufgeklebt.
Die Haube war eine Woche alt und wir standen draußen und quatschten mit dem gleichaltrigem Nachbar als ich plötzlich die geniale Idee hatte mich kurz auf die Motorhaube zu setzten.
Ich stand mit dem Hintern zum Kotflügel, stützte mich auf dem Kotflügel ab und stemmte mich hoch und zack saß ich auf der Haube.
Nicht gut!
Ich wog knapp 80 Kilo und mein Hintern verursachte eine ziemlich Delle auf der neu gemachten Motorhaube. Mein Mann der neben mir stand wurde richtig weiß und dann wurde sein Gesicht richtig rot. Man bekam ich von ihm einen Anschiss. Allerdings zu Recht.
Ach so, die Delle konnte er selbst rausmachen und man sah auch nichts mehr davon.
Weswegen hatte er sich nur so aufgeregt?
Versteh ich immer noch nicht □

Wir waren in Mainz unterwegs und hatten einen wichtigen Termin. Wer schon mal in Mainz unterwegs war weiß das es nicht einfach ist einen Parkplatz zu finden. Um so überraschter waren wir als wir auf einem kleinen Parkplatz dann tatsächlich einen freien Parkplatz fanden.
Wir parkten unser Auto, erledigten unsere Angelegenheiten und damit waren wir eine Stunde später zurück.
Es war wirklich nur eine Stunde wo unser Auto auf dem Parkplatz gestanden hatte, doch es sah aus als ob es Wochenlang dort geparkt hätte.

Wir fuhren damals einen schwarzen VW Passat Kombi und das Auto war über und über mit Vogelkacke bedeckt. Die Viechern hatten sich alle Mühe gegeben.
Ich hätte kotzen können. Wir fuhren nach Hause und stellten den Wagen in die Einfahrt. An diesem Tag wollten wir noch mit unserer Tochter auf die Pfingstmesse. Mein Mann ging ins Haus und meinte noch das er den Wagen gleich waschen würde.
Ich sollte es lassen. Hätte ich ausnahmsweise mal gehört! Machte ich aber nicht.
Ich rein in die Garage, einen Eimer und einen Schwamm geholt. Etwas Autoshampoo in den Eimer, Wasser dazu und schon legte ich los. Es dauerte auch nicht lange und ich war fertig, schnell schwenkte ich das Auto ab und dann sah ich es.
Das ganze Auto war mit kleinen Kratzer überseht. Mir fiel das Gesicht herunter und ich verstand die Welt nicht mehr. Schnell rief ich meinen Mann.
Der kam dann auch und schaute sich das Auto an.
Dann nahm er den Schwamm und betrachtete ihn.
Er hielt mir den Schwamm hin und ich sah was die Kratzer verursacht hatte. Im Schwamm war ein kleiner Stein……
Wie immer heulte ich und erzeugte damit bei meinem Mann zum Schluss Mitleid.
„Ich schau später ob man die Kratzer rauspolieren kann. Ach, und wenn ich dir mal wieder sage lass es dann lass es auch.“
Ich gab zur Abwechslung keine Wiederrede, war auch gut so.

Es war im Januar 1989, ich war kurzfristig arbeitslos ohne Arbeitslosengeld und hatte dadurch viel Zeit. Diese nutzte ich mit meiner Schulfreundin Astrid. Astrid arbeitete damals als Reinigungskraft, allerdings nicht Vollzeit und hatte dadurch viel Zeit.
An irgendeinem Tag, uns quälte die Langeweile, kam mir die Idee eine Spiel zu spielen. Ich schlug Astrid vor zu Autohändler zu fahren und so zu machen, als hätten wir Geld um ein Auto zukaufen.

Astrid war einverstanden und so fuhren wir als erstes den Mercedes Händler in Worms an.
Ich parkte mein Auto (war damals ein Toyota Starlet) etwas abseits. Die im Autohaus mussten ja nicht sehen das wir keine Mark auf der Tasche hatten.
Astrid und ich betraten das Autohaus eine Dame am Empfang nickte uns kurz zu und so gingen wir gingen zu ihr hin.
Sie schaute uns taxierend an, ihr Blick verriet gleich das sie sah das wir keine potentiell gewinnbringenden Kundinnen waren.
Das schreckte uns aber nicht ab und so sagte ich großspurig:
„Ich möchte ein Auto kaufen!"
„Wie viel möchten sie denn ausgeben?"
Schnell überlegte ich und nannte eine für mich und die damalige Zeit hohe Zahl.
„10 000 Mark!"
Ich erwartete zwar kein Diener von ihr doch ihre Reaktion irritierte mich dann doch etwas.
Etwas von oben herab zeigte sie mit der Hand durch den Schauraum.
„Da müssen sie hier bei den gebrauchten schauen ob sie in dieser Preisklasse etwas finden."
Das wars auch schon was wir von ihr an Aufmerksamkeit bekamen. Astrid und ich schlenderten etwas ernüchtert durch den Verkaufsraum und verstanden warum wir nicht wie Königinnen behandelt wurden.
Ich glaube mich zu erinnern das der günstigste Wagen irgendwo bei 13 000 Mark begann.
Wir verließen das Autohaus nach wenigen Minuten und fuhren ziellos durch die Gegend. Irgendwann kamen wir bei Rheindürkheim an. Am Rande der B 9 war damals auch ein Autohändler ansässig, fast wäre ich daran vorbei gefahren da fiel mein Blick auf einen schwarzen Wagen. Ich wendete bei der nächsten Gelegenheit und fuhr zurück.
Kaum stand ich, sprang ich aus meinem Auto und lief zu dem schwarzen Wagen.
„Den will ich haben", sagte ich mit glänzenden Augen zu Astrid.

„Du spinnst“, sagte sie und schüttelte den Kopf, „du hast doch gar kein Geld.“
„Egal, den muss ich haben.“
Vor mir stand ein gebrauchter Audi 80 Coupé, tiefergelegt hinten schwarze Scheiben und das war noch nicht alles. Am oberen Rand der Frontscheibe war der Schriftzug „Kenwood“ und der Audi war ringsherum verspoilert. Auf dem Kofferraumdeckel war ein regelrechter Flügel als Spoiler angebracht. Das Fahrzeug sah fast so aus wie der Wagen aus der Serie Knight Rider.
Ohne mit einem Verkäufer gesprochen zu haben fuhren wir wieder weg. Ich brachte Astrid nach Hause und fuhr selbst Heim. Noch am selben Abend schnappte ich mir meinen Mann (zu dem Zeitpunkt waren wir verlobt und wollte noch in selben Monat heiraten) und fuhr mit ihm zu dem Händler. Auf dem Weg dorthin schwärmte ich unentwegt von dem Audi.
Als wir dort ankamen, der Händler hatte noch geöffnet, ließen wir uns das Fahrzeug aufschließen und machten eine Probefahrt. Mein Mann fuhr, der Händler saß auf dem Beifahrersitz und ich hatte mich auf die Rückbank begeben. Nach der Probefahrt hatte ich meinen Mann soweit das er das Auto auch wollte.
Dies sagten wir dem Verkäufer, dieser schaute uns an und meinte:
„Ich will euch ja nicht beeinflussen, doch ich habe denselben Audi noch einmal und ich würde euch raten den zu nehmen.“
„Ähm nein, ich will den den wir eben gefahren haben.“
„Ihre Entscheidung!“
Wir mussten extra einen Kredit aufnehmen (immerhin 11000 Mark) und kauften das Auto.
Mein Mann und ich holten ihn wenige Tage später. Mein Mann fuhr den Audi und ich folgte ihm im Toyota.
Unser erster Weg führte an die Tankstelle.
Während mein Mann tankte saß ich im anderen Auto und wartete und beobachtete dabei meinem Mann.
Irgendwann sah ich wie sich mein Mann ungläubig beugte um unter das Auto zu schauen.

Ja mir fiel auf das der Tankvorgang etwas mehr Zeit als üblich in Anspruch nahm.
Die Rechnung war dann erst einmal ein Schock. Fast 75 Mark! Der Toyota war mit noch keinen 45 Mark Rand voll. Egal, gekauft war gekauft.
Im Laufe der Zeit verstanden wir dann das uns der Verkäufer damals eigentlich vor dem Auto gewarnt hatte. Wir fuhren den Audi gute 3 Jahre und ich schätze mal das wir in dieses Auto locker 3000 bis 5000 Mark gesteckt hatten. Wir hatten sogar den Motor ausgetauscht.
Ok, an einigen der Kosten war ich selbst schuld. Ich hatte beim Ausparken einen Pfosten übersehen und brauchte prompt einen neue Beifahrertür. Ach, ich vergaß ganz zu sagen das wir das Auto über Winter abmeldeten, der Wagen war so tief das auch schon geringe Mengen Schnee aus dem Coupé ein Schneeschieber wurde.
Als wir ihm im letzten Jahr in dem wir ihn fuhren abmeldeten überarbeitete mein Mann das Auto, er lackierte es sogar neu. Diamant schwarz metallic, gar nicht so einfach für jemanden der noch nie ein Auto lackiert hatte. Wir reinigten den Innenraum, der Wagen hatte einen hellblauen Teppich und der sah mittlerweile schlimm aus. Als der Winter vorbei war meldeten wir den Wagen wieder an. Ich ließ für Schweinegeld neue Reifen aufziehen, natürlich niederquerschnitt Markenreifen und dann fuhr ich zum TÜV und bekam auch die ersehnte Plakette. Nun war alles perfekt. Neu lackiert, neue Reifen neuer TÜV, ein Traum.
Ich arbeitete mittlerweile nicht mehr da ich Mutter geworden war und ganz ehrlich, der Audi Coupé war kein Familienauto, zumal er ein Zweitürer war und der Kofferraum schon mit dem Kinderwagen voll war.
Eines Morgens, ich hatte in der Nacht etwas unruhig geschlafen, wünschte ich meinem Mann einen schönen Arbeitstag und bat ihn langsam zu fahren. Der Arbeitsweg meines Mannes betrug 11 Kilometer Überland, was bitte kann da schon passieren?
Mein Mann fuhr los und kam etwa 1 Stunde später zurück. Das geliebte Auto war schrott!

Mein Mann erzählte mir auch gleich was passiert war. Er wollte auf den Firmenparkplatz fahren musste aufgrund von Gegenverkehr jedoch anhalten. Er sah das Unglück kommen, der Hintermann war wohl abgelenkt und hat meinen Mann übersehen und ist ihm mit knapp 50 km/h hinten aufgefahren.
Zum Glück war meinem Mann nichts passiert, doch das ganze Heck des Audis war im Arsch.
Man sah sogar das der Rahmen verzogen war, es war somit ein wirtschaftlicher Totalschaden.
Ich war zu tiefst enttäuscht, mein geliebtes Auto…..
Die Versicherung zahlte nur einen Bruchteil dessen was der Wagen gekostet hatte, ihr Argument lautete:
„Die Anbauteile seien ja schon alt!“
Egal, wir brauchten unbedingt ein neues Fahrzeug und überlegten uns sogar denselben nochmal zu kaufen und ihn dann so umzubauen wie den alten.
Wir verwarfen den Gedanken jedoch, da es ab und zu vorkam das ich unserer Tochter Sandra den Kopf stieß wenn ich sie auf der Rückbank im Audi in ihren Kindersitzt setzte.
(Jetzt wisst ihr auch vorher sie ihren „Dachschaden“ hat, hihihi. Nur Spaß)

Schlussendlich entschieden wir uns für einen Ford Scorpio und damit kommen wir zu den nächsten seltsamen Erlebnissen. Ja richtig gelesen, seltsam….
Der Scorpio war für damalige Zeiten ein Schiff und Ausstattungstechnisch erste Liga.
Er fuhr sich Mega gut und man konnte richtig gut zuladen, auch wenn der Kinderwagen im Kofferraum war.
Da es sich bei dem Auto um einen Gebrauchten handelte ließen die Reparaturen nicht lange auf sich warten. Mal war hier was mal da.
In der Ford Werkstatt wo ich stets die Teile kaufte, erkannte man mich bereits an der Stimme wenn ich anrief.
Autodaten brauchte ich auch nicht anzugeben die hatten sie bereits gespeichert.

Ich kann von Glück sagen das mein Mann alles selbst machen konnte sonst hätten wir uns den Wagen überhaupt nicht leisten können.
Meine Erziehungszeit war irgendwann vorbei und es hieß für mich wieder Arbeiten. Damals arbeitete ich bereits bei der Post in Rheindürkheim und mein Mann in Worms. Da wir nur ein Auto besaßen fuhren wir morgens gemeinsam. Er fuhr von zuhause bis zu seiner Firma und ich dann weiter zur Post.
Irgendwann morgens bettelte ich das ich fahren wollte und siehe da mein Mann willigte ein und ich freute mich wie ein Schnitzel.
Wir fuhren auf die B 47 neu und plötzlich wie aus dem nichts kam von links ein Reh und lief mir genau vors Auto. Ich hatte keine Chance und das Reh übrigens auch nicht. Es schepperte und ich bremste bis zum Stillstand. Zitternd saß ich hinter dem Lenkrad und wusste nicht was ich jetzt machen sollte.
Zum Glück war mein Mann dabei, ohne Hektik schaltete er die Warnblinkanlage ein, stieg aus und ging zum Kofferraum. Dort nahm er unser Warndreieck und stellte das Warndreieck in Sichthöhe vom Auto weg auf. Es war noch recht dunkel und alle Autos hatten die Lichter eingeschaltet. Somit reflektierte das Warndreieck und man sah es klar und deutlich. Denkst du es hätte mal einer langsam gemacht?
Fehlanzeige!
Das nächste Auto das kam fuhr sogar noch über das arme Reh und hielt danach noch nicht einmal an.
Echt jetzt da hätte auch ein Mensch liegen können.
Mein Mann zog, nachdem er das Warndreieck aufgestellt hatte, das Reh von der Fahrbahn. Ich war so fertig das ich nicht fahren konnte und so fuhr mein Mann. Er fuhr mit mir zu meiner Arbeit und sagte meinem Vorgesetzten bescheid das ich heute nicht Arbeiten würde.
Dann fuhr er zu seiner Arbeit, mir ging es mittlerweile wieder gut und ich hatte mich von dem Schock erholt. Während mein Mann arbeitete fuhr ich zur Polizei Worms um den Wildunfall zu melden und eine Bescheinigung für die Versicherung zu bekommen.

Damals gab es noch keine Mails und WhatsApp, doch ich erledigten alles per Telefon und es ging richtig schnell. Noch am gleichen Tag fuhr ich mit dem Wagen zu einem Gutachter. Der schaute sich den Schaden an.
(Blinker Glas links war kaputt, die linke Ecke der Motorhaube hatte einen kleinen Lackschaden und in der Fahrertür war eine Delle. Die sah man nur wenn man wusste wo sie war)
Laut Gutachter belief sich der Schaden auf knapp 3850 Mark und es stand uns frei den Wagen reparieren zu lassen oder das Geld einfach nur zu nehmen und nichts machen zu lassen.
Natürlich nahmen wir das Geld und mein Mann ersetzte nur das Blinker Glas für 50 Mark. Den Rest strichen wir ein und freuten uns über den warmen Geldregen.
Wie es ja immer ist muss man irgendwann mit dem Wagen zum TÜV, so auch mit diesem.
Ich fuhr zum Wormser TÜV, übrigens dort fahre ich heute noch hin.
Die Prüfer dort kannte ich bereits und sie hatten nichts dagegen wenn ich bei der TÜV Abnahme mit schaute. Ja ich stand sogar unter jedem meiner Autos.
So auch unter dem Ford als der TÜV Prüfer mich bat zu ihm zu kommen, ich stand gerade unter dem Wagen in Höhe des Motors der Prüfer stand hinter in Höhe der Hinterachse.
Ich ging zu ihm und er zeigte mir ein ca. 8 cm großes Loch im Unterboden. Ich bekam große Augen, denn damit hatte ich nicht gerechnet.
„Es ist kein tragendes Teil, sollte aber gemacht werden sonst wird das Loch noch größer."
Ich versicherte ihm das ich das Loch schnellst möglich beseitigen lassen würde und bekam meinen TÜV Stempel.
Ich fuhr nach Hause und konnte es kaum Abwarten bis mein Mann von der Arbeit heimkam.
Als mein Mann dann endlich zuhause war legte ich ihm den Prüfbericht hin und erzählte ihm von dem Loch.
„Ich schaue es mir später an."
Das später war dann drei Tage später.

Mein Mann ging in die Garage und war fast eine halbe Stunde draußen als er wieder ins Haus kam und nach mir rief.
„Was?“
„Kannst du mal mit rauskommen und mir zeigen wo das Loch sein soll?“
Ich runzelte die Stirn und folgte meinem Mann in die Garage. Ich wusste zwar das er nicht so gut sah, doch mir war nichts bekannt das er über Nacht vielleicht erblindet war.
Den Wagen hatte er auf Auffahrrampen gefahren und nun bat er mich unter das Auto zu krabbeln und ihm zu zeigen wo denn das Loch sein sollte.
Ich schluckte, überwand jedoch meinen Widerwillen (ich habe Platzangst) und krabbelte unter das Auto.
Und was jetzt kommt machte mich Fassungslos!
Egal wie sehr ich auch schaute da war kein Loch mehr im Unterboden!!!
„Und, wo ist das Loch?“, fragte mein Mann der gepflegt neben dem Wagen stand.
„Weg?“
„Wie weg?“
„Keine Ahnung, ich schwöre da war ein Loch!“
Ich krabbelte unter dem Wagen hervor und sah meinen Mann an.
Der zuckte die Schulter und meinte:
„Löcher verschwinden zwar nicht so einfach aber wenn es halt nicht mehr da ist, ist es eben so.“
Wir gingen ins Haus und ich dachte noch ein paar Mal an das ominöse Loch. Bis heute ist es mir ein Rätsel wie Löcher einfach verschwinden können.
Mit dem Auto hatten wir noch unseren Spaß.
Vor allen Dingen als wir meine Mutter zu ihrem Mann nach Höchenschwand fuhren um ihn in der Reha zu besuchen.
Die Klinik lag voll außerhalb, dort konnte man sterben ohne dass es jemand mitbekommen hätte.
Wir fuhren also dorthin und machten erst einmal einen Spaziergang, dann sind wir mit meinem Stiefvater in sein Zimmer.

Im Zimmer meinte unsere Tochter Sandra das sie gerne etwas aus dem Wagen holen würde.
Mein Mann gab ihr den Schlüssel und sagte ihr noch dass sie den Wagen wieder verschließen sollte.
(Wer bitte sollte den Klauen, hier war ja außer den Patienten keine Sau)
Mittlerweile war es so gegen siebzehn Uhr und es hatte zu allem Überfluss auch noch leicht zu schneien begonnen.
Sandra kam zurück und auf die Frage ihres Papas ob sie das Auto zugemacht hätte nickte sie ganz stolz.
Dann wollte mein Mann den Schlüssel von der Kleinen, sie war damals ca. 5 oder 6.
Sandra griff in ihre Jackentaschen und als sie ihre Hände leer daraus hervor zog ahnte ich nichts Gutes.
Und so war es auch, der Schlüssel war nicht da.
Zu viert folgten wir dann Sandra den Weg den sie gegangen war. Wir blickten auf den Boden und suchten, schließlich kamen wir an unserem Auto an und hatten nichts gefunden.
Langsam wurde ich nervös und Sandra begann zu weinen.
Noch war die Stimmung halbwegs in Ordnung.
Am Auto angekommen kontrollierten wir die Schlösser mit der Hoffnung das der Schlüssel vielleicht in irgendeinem steckte. Der Wagen hatte damals schon einen Schlüssel mit Fernbedienung und man musste ihn nicht extra zu schließen.
Nichts, der Schlüssel war nicht da!
Dann schaute mein Mann durch die Autoscheiben und sah den Schlüssel auf der Rückbank liegen und das Auto war verschlossen.
Scheinbar hatte Sandra den Wagen über die Fernbedienung verriegelt, den Schlüssel auf die Rückbank gelegt, ihre Sachen geholt und dabei vergessen den Schlüssel mit rauszunehmen.
Sandra weinte mittlerweile heftig, meine Mutter und mein Stiefvater standen ratlos da. Ich spürte Verzweiflung aufkommen und sah schon wie wir eine Scheibe einschlagen würden, was mit Sicherheit nicht billig werden würde.
Mein Mann war richtig angepisst und schimpfte halblaut vor sich hin. Man merkte an seiner Stimme das er richtig

Sauer war. So standen wir dann im Schneefall, begannen zu frieren und überlegten was wir nun tun könnten.
Plötzlich hatte mein Mann eine Idee und fragte meinen Stiefvater ob er in seinem Zimmer einen Metallkleiderbügel hätte. Manfred nickte und ging mit meiner Mutter und Sandra im Schlepptau zurück ins Gebäude um einen Kleiderbügel zu holen. Während dessen stand ich Wortlos neben meinem Mann und schaute dumm aus der Wäsche.
„Hilf mir mal", brummte mein Mann und ging zum hintern Fenster des Wagens.
Wie Hohn grinsend lag auf dieser Seite der Autoschlüssel. Ich starrte ihn an und wünschte mir verzweifelt telepathische Kräfte. Doch so sehr ich auch starrte er rührte sich einfach nicht.
Ich sah wie mein Mann versuchte die Autoscheibe etwas herunterzuschieben, was aber erst mal nicht gelang da sie vom Schnee nass war und er abrutschte.
„Och guck nicht einfach so und hilf mir", sagte er ungehalten und ich löste mein Blick vom Schlüssel und half ihm. Gemeinsam schafften wir es und schoben die Autoscheibe ein Stück runter. Er waren höchstens drei oder Zentimeter.
„Gut", knurrte mein Mann, unterdessen kamen auch die anderen Drei zurück. In der Hand einen Kleiderbügel aus Metall.
Sandra hatte immer noch ein verheultes Gesicht und selbst mein Stiefvater, der eigentlich immer was zu sagen hatte, hielt zur Abwechslung mal den Mund.
Mein Mann bog den Kleiderbügel zur Recht und begann durch den schmalen Schlitz nach dem Schlüssel zu Angeln. Was soll ich sagen? Es dauerte noch gut 10 Minuten und einige Versuche bis er den Schlüssel aus dem Auto gefischt hatte. Wir blieben, nachdem das Auto wieder offen war, noch fünf Minuten und machten uns dann auf den Heimweg.
Irgendwann hatte der Ford Scorpio seinen Dienst getan und wir kauften uns ein anderes Auto.
Den Ford wollten wir selbst verkaufen, damals war ich noch optimistisch das das ja sehr einfach gehen würde.

Wir inserierten in der Zeitung und natürlich ließen wir uns bei dem Preis einen Verhandlungsspielraum. Machten doch alle so.
Wir setzten ihn mit 2700 Mark an und hofften einen Käufer zu finden der uns 2400 Mark bezahlte.
Nach erscheinen der Zeitung dauerte es nicht lange und die ersten riefen an.
Hier mal ein kleiner Auszug der Anrufe.
„Hallo du verkaufen Auto, ich komme gebe dir 1500."
„Nein danke, es sei den du kommen und geben mir 2400."
Ja ich habe die Angewohnheit mit Ausländern so zu sprechen wie sie.
Der nächste war noch unverschämter.
„Ich komme mit Freund, geb dir 500 bar auf Hand und nehme Auto mit."
Ich antwortete gar nicht sondern legte wortlos auf.
Es folgten noch ein paar solcher Anrufen, bis dann irgendwann einer anrief der wirklich Interesse an unserem Ford hatte.
Hier sollte ich auch noch erwähnen das die meisten die anriefen und viele Fragen zu dem Wagen hatten meistens die waren die nicht kamen.
Der Typ, der unser Auto kaufen wollte sagte uns das er mit Bus und Bahn kommen und auch gleich rote Kennzeichen mitbringen würde.
Mittlerweile hatte der Wagen ein paar Tage unbenutzt gestanden, er war ja auch abgemeldet.
Ich richtete den Kaufvertrag und die Autopapiere, als mein Mann meinte es wäre nicht schlecht den Wagen ein paar Minuten laufen zu lassen. Nicht das nachher wenn der Typ kam die Batterie leer wäre.
Ich schnappte mir die Autoschlüssel, ging raus in unseren Hof und fuhr den Wagen in die Mitte der Einfahrt und ließ ihn laufen.
Da ich wieder ins Haus wollte, machte ich an dem Schlüsselbund einen der Autoschlüssel ab, ließ den Motor laufen stieg aus und verschloss das Auto mit dem Schlüssel. (Der mit der Fernbedienung steckte im Zündschloss, es gab nur einen mit Fernbedienung die anderen waren ganz einfache Schlüssel)

Ich kam gar nicht bis ins Haus, denn ich traf unseren ehemaligen Nachbar und begann mit ihm zu quatschen. Mein Mann kam dazu und so quatschten wir gute 10 Minuten, bis mein Mann meinte ich könne den Wagen jetzt aus machen.
Ich ging zu dem Wagen, steckte den Schlüssel ins Türschloss und was passierte? Nichts, der Schlüssel ließ sich einfach nicht umdrehen, egal wie ich es auch versuchte. Ich rief meinen Mann und auch bei ihm ging der Wagen nicht auf und der Motor lief immer noch fröhlich vor sich hin.
„Kann es sein das das gar nicht der Schlüssel von unserem Auto ist?", fragte mein Mann.
„Doch mit dem habe ich das Auto ja auch abgeschlossen", sagte ich schnippisch.
Wir überlegten fieberhaft was wir jetzt machen sollte, dann rief ich Thomas an. Thomas ist ein sehr guter Freund von uns und war damals erster Vorsitzender des Ford Capri Clubs. Vielleicht konnte der uns irgendwie helfen, der kannte sich noch besser aus mit Autos wie mein Mann.
Ich erklärte Thomas was los war.
„Sag mal, du hast doch ein Schlüssel von unserem Auto, oder?"
„Ja, warum?"
Thomas und seine Frau Elke fuhren damals auch einen Ford (nein nicht den Capri) sondern einen anderen und irgendwann hatte mir Elke ihren Ersatzschlüssel gegeben. Beide Arbeiteten damals in einem Betrieb im Ort und wenn ich mal ihr Auto brauchte konnte ich es mir holen.
Tja so gute Freunde hat man nicht oft im Leben.
„Kann es sein das du mit dem Schlüssel von uns dein Auto zugeschlossen hast?"
„Wie bitte soll das denn gehen hä?"
Thomas erklärte mir das dies tatsächlich ging, man konnte mit einem anderen Ford Schlüssel ein Auto zuschließen aber nicht mehr auf!
Danke für die Info….
Und die Zeit lief, der potenzielle Käufer konnte jeden Moment kommen.

Ich wieder raus zu meinem Mann und ihm die Info gegeben. Sein Blick hätte mich fast getötet.
Doch es half nichts, eine Lösung musste her, und zwar schnell.
Der Scorpio muss ich dazu schreiben hatte seinen Verschließknopf nicht am Fensterrand wie damals üblich sondern es gab eine kleine Wippe am Griff wo man das Auto von innen öffnete. Also wäre schon mal nichts mit Scheibe etwas herunterziehen und Knöpfchen hochziehen.
Zum Glück waren wir zuhause und mein Mann hatte, was heißt hier hatte?
Er hat immer noch jede Menge Dinge in der Garage.
Er ging in die Garage und holte einen dünnen langen Stab an dem er unten eine Schlaufe befestigt hatte. Gemeinsamen schoben wir die Scheibe auf der Beifahrerseite etwas herunter und dann begann für meinen Mann die Fummlei.
Es hatte ein bisschen Ähnlichkeit mit dem Fischeangelspiel auf dem Jahrmarkt.
Egal er schaffte es die Schlinge so zu manövrieren das sie um den Griff zum aufmachen lag und obwohl er vorsichtig zog löste sich die Schlinge.
„So eine Scheiße", nuschelte er und ich sah ihm an das er am liebsten auf etwas geschlagen hätte.
Ich stand neben ihm und hielt einfach nur den Mund.
Dann ging meinem Mann wohl ein Licht auf, er manövrierte den Stab so dass er es schaffte das Ende des Stabes auf den kleinen Aufmachknopf zu setzten. Dann gab er dem Stab einen kleine Stoß und drückte damit den Knopf und das Auto war offen!
Endlich!
Nicht nur mein Mann war geschwitzt.
Sofort machte er den Motor aus, zog den Schlüssel aus dem Zündschloss und hielt ihn in der Hand.
„So und jetzt nimm nochmal den Schlüssel wo du in der Hand hast und verschließe das Auto."
Ich tat wie geheißen und wieder war das Auto zu, mit Thomas Autoschlüssel wohl gemerkt.
An dem Schlüsselbund von dem ich den Autoschlüssel abgemacht hatte hingen insgesamt vier Ford Schlüssel und ich Depp hatte ausgerechnet den Falschen abgemacht.

Eine halbe Stunde später kam der Typ und wir verkauften unser Auto für 2400 Mark. Ein bisschen tat der Wagen mir leid. Ja ich hänge immer an den Autos, da habe ich wohl ein paar männliche Gene abbekommen.

Ich weiß nicht wie es dir geht wenn du ein Auto kaufst, ich bin dann immer Stolz wie Bolle. So ging es auch einem Cousin meines Mannes. Jürgen wohnte in Jülich und kam zu Besuch vorbei. Voller Stolz präsentierte er uns seinen nagelneuen zweier Golf. Natürlich bestaunten wir das Auto, der Wagen war auch richtig schön. Bis auf eine Kleinigkeit die mich etwas störte und das sagte ich Jürgen auch.
„Der Wagen sieht toll aus, aber der rote Zierstreifen auf der Stoßstange wirkt etwas billig."
Jürgen schaute mich an und meinte:
„Den habe ich selbst gemacht", sagte er geknickt.
Man war mir das peinlich, doch gesagt ist gesagt.

Eines meiner Autos und zwar der Toyota Starlet, verkaufte ich an einen anderen Cousin meines Mannes für kleines Geld.
Ein paar Wochen später hatte der die Zylinderkopfdichtung geschrotet und fragte meinen Mann ob er ihm bei der Reparatur helfen könnte.
Mein Mann stimmte zu und so machten sich beide an die Reparatur.
Sie schraubten den halben Samstag an der Karre herum und als sie lachend reinkamen, eigentlich lachte nur mein Mann, fragte ich ob sie fertig waren.
„Fertig, der Wagen läuft wieder", brummte der Cousin.
Mein Mann begann zu grinsen, klar wollte ich wissen warum mein Mann so grinste und er erzählte es mir.
„Wir waren fertig und ich startete den Motor. Er sprang sofort an, lief aber nicht ganz rund. Ich stieg aus und stellte mich neben Thorsten. Gemeinsam schauten wir in den Motorraum. Tja und dann sah Thorsten das eins der vier Zündkabel nicht auf der Zündkerze saß und was macht Thorsten? Er langt ans Kabel und bekommt voll eine gewischt."

„Ja mein ganzer Arm hat geblitzt, der Strom lief mir bis runter in die Fußspitzen.“
Natürlich habe ich auch gelacht, obwohl mit Strom nicht zu spaßen ist.
Nur mal so am Rande, wenn man einen Stromschlag bekommt sollte man eigentlich einen Arzt aufsuchen, doch mal ganz ehrlich wer macht das schon?

Bei uns wurde damals viel an Autos geschraubt, ich glaube zu unserem Freundeskreis gehört keiner der nicht selbst schraubte.
So auch unser gleichaltriger Nachbar Horst.
Horst war eine Marke für sich, nicht viel Ahnung von Autos doch auch er schraubte wie ein großer.
Er hatte komischerweise immer das Pech das wenn er am Motor herum schraubte er Sprit ins Auge bekam.
Sprit im Auge brennt, kannst ja mal den Horst fragen!

Eine Zeitlang besaßen wir ein Moped und Horst hatte natürlich auch eins. Er besaß sogar eine Geländemaschine, so richtig mit Kickstarter. Falls du nicht weißt wie so was aussieht musst du es googlen, den mir fallen keine Worte ein um das Teil zu beschreiben.
Nur so viel, mit einem Kickstarter tritt man ein Motorrad an. Dazu muss man auf dem Sattel sitzen, ein Bein auf dem Boden und das andere tritt den Kickstarter. Die Maschine von Horst hatte aber irgendeinen Fehler und wenn man das Bein nach dem antreten nicht schnell genug weg bekam schlug einem der Kickstarter in die Wade.
Mehr als einmal sahen wir Horst nach dem Starten der Geländemaschine im Hof herum humpeln.
Da meinem Mann und mir das Moped fahren Spaß machte, machten wir in den Neunzigern unseren Motorradführerschein und kauften uns eine Honda VFR 750.
Geiles Teil, echt. Rot und voll verkleidet.
Voll verkleidet bedeutet bei einem Motorrad das die Maschine fast überall Kunststoff hatte, deshalb nannte man so eine Maschine auch liebevoll Jogurtbecher.

Wir besaßen also einen Jogurtbecher aus dem Hause Honda und wir fuhren damit sehr oft spazieren. Die Maschine hatte 99 PS. Für ein Motorrad war das damals ziemlich viel.
Unsere Maschine fuhr Spitze 260 km/h!
Ich bin eher ein Motorradfahrer der gerne beschleunigt, aber nur auf gerader Strecke wohl gemerkt.
Kurven waren nicht so meins.
Mein Mann sagte mir mehr als einmal das ich kein Vollgas im ersten Gang geben sollte, war ich jedoch allein unterwegs machte ich genau das. Ich liebte es die Autos hinter mir abzuhängen.
An einem Samstag holte mein Mann mich mit der Maschine von der Arbeit.
Ich wollte noch nach Worms in ein Büchergeschäft.
Wir einigten uns darauf das mein Mann den Hinweg und ich dann den Heimweg fahren würde.
Wir erreichten Worms und ich holte mir zwei neue Bücher.
Wie vereinbart fuhr ich den Rückweg. Wir mussten an einer großen Kreuzung halten, soweit alle kein Problem.
Ich schaute auf die Ampel und wartete das sie Grün wurde.
Als es dann endlich soweit war, legte ich den ersten Gang ein und zog den Gasgriff ganz auf.
Die Maschine machte einen Satz und schoss los, doch nicht nur das!
Das Vorderrad hob ab und ich schoss nur auf dem Hinterrad über die Kreuzung.
Panisch überlegte ich was ich jetzt machen sollte, zog instinktiv den Kupplungsgriff um in den zweiten Gang zu schalten und dadurch ging die Maschine runter und der Vorderreifen bekam wieder Bodenkontakt.
Ich weiß noch genau das mein nächster Gedanke war das mein Mann mich sicher gleich erschlagen wird!
Doch nichts dergleichen geschah und ich setzt die Fahrt mit zitternden Knie fort, ohne nochmal Vollgas zu geben.
Zuhause angekommen rechnete ich mit einem Anschiss von meinem Mann, doch zu meiner Überraschung lachte der nachdem er den Helm abgezogen hatte.
„Was?“, fragte ich irritiert.

„Hast du den Typ in dem Fiat Uno auf der andern Kreuzungsseite gesehen als du auf dem Hinterrad über die Kreuzung geschossen bist?“
„Nein.“
„Der hat sogar vergessen an seinem Eis zu lecken und hatte ganz große Augen.“
„Die hatte ich auch“, sagte ich, immer noch froh das nichts weiter passiert war.
„Habe ich dir nicht immer gesagt kein Vollgas im ersten Gang?“
„Ja, aber das habe ich schon oft gemacht, doch noch nie ist die Maschine vorne hoch gegangen.“
„Ich habe heute Morgen die vier Vergaser synchronisiert!“
„Du hättest ja mal was sagen können!“
Wir liebten beide die Maschine und passten auf das nichts daran kam.
Und dann passierte mir doch etwas.
Mein Mann musste für 7 Tage nach Amerika und ich beneidete ihn für die Chance das große weite Land kennenzulernen, zumindest ein Teil davon.
In dieser Zeit verreckte jedoch der Videorekorder und noch irgendein Gerät. Wir telefonierten jeden Abend ein paar Minuten, den Auslandsgespräche kosteten damals viel Geld. Bei den Gesprächen sagte ich dann meinem Mann was wieder kaputt gegangen war.
Damals trainierte ich noch Kampfsport und zwar immer mittwochs. An dem Mittwoch als mein Mann noch in den Staaten war entschied ich mich mit dem Motorrad zu fahren.
In der Kampfsportschule angekommen quälte ich mich extra ab und schob die Maschine Rückwärts in die kleine Einfahrt der Schule.
Nachdem Ende der Trainingsstunde zog ich mich um und ging zum Motorrad. Ich stieg auf, startete und rollte vorsichtig vorwärts los. Am Bürgersteig machte ich langsam und rollte den Meter bis zur Bürgersteigkante, als ich sah das kein Auto kam schlug ich den Lenker ein um nach rechts loszufahren. Ich weis nicht mehr was ich falsch machte, scheinbar war ich einfach zu langsam, denn ich merkte das die Maschine kippte.

Scheiß Gefühl, nur mal so nebenbei.
Ich merkte es und konnte nichts machen, gefühlt wie in Zeitlupe sank die Maschine seitlich dem Boden entgegen und dann lag sie und ich stand breitbeinig über ihr.
Frag mich nicht wie mir das gelungen war. Auf jeden Fall wollte ich die Maschine schnell hochziehen, denn es war mir peinlich und ich wollte nicht das jemand mitbekam das ich zu blöd war um aus einer Einfahrt heraus zufahren.
Ich schnappte mir den Lenker und zog mit aller Kraft an der Maschine. Geschätzt 10 Zentimeter bekam ich die Maschine hoch und das war es dann auch.
(Die Maschine wog 260 Kilo, nur mal so zur Info)
Dann kamen zwei Männer, woher? Keine Ahnung. Auf jeden Fall halfen sie mir die Maschine aufzustellen.
Mit zitternden Knie und kurz vorm Heulen stieg ich auf die Maschine und fuhr langsam nach Hause.
Zuhause in der Garage schaute ich mir den Schaden an.
Die Seitenverkleidung hatte einige Kratzer.
Ich stellte die Maschine ab und ging in unser Wohnzimmer, dort heulte ich erst einmal eine Runde.
Mein Mann würde mich killen!
Fieberhaft überlegte ich was ich nun tun sollte, Geld um eben mal schnell neue Teile zu kaufen hatten wir nicht und ich bezweifelte das ich so schnell neue bekommen würde.
Dann hatte ich die Idee.
Ich rief meine Schwägerin an und fragte sie ob sie eine Haftpflichtversicherung hatte.
Ja sie hatte ein!
Ich erzählte ihr was passiert war und fragte sie ob wir das über ihre Versicherung als Schaden melden könnten.
Meine Idee war das ihr damals 7 Jähriger Sohn an die Maschine gerannt wäre und sie dadurch umgeschmissen hätte.
Meine Schwägerin stimmte zu und ich war einfach nur heilfroh. Am nächsten Tag rief ich ihre Versicherung an und meldete den Schaden. Die Dame am Telefon nahm alles auf und sagte mir das sich schnellst möglich ein Gutachter bei mir melden würde.
Ich war richtig guter Dinge.

Und ja das wäre damals ein Versicherungsbetrug gewesen, doch das ist nach den vielen Jahren verjährt und soweit kam es dann doch nicht.
Abends telefonierte ich mit meinem Mann und beichtete ihm unter Tränen das Malheure mit unserem Motorrad, bevor er was sagen konnte erzählte ich ihm gleich von meinem genialen Plan mit der Versicherung und das sich die Tage ein Gutachter melden würde.
Dann wartete ich mit angehaltenem Atem auf die Antwort meines Mannes. Ich rechnete damit das er Schreien oder zumindest Schimpfen würde, doch nichts dergleichen.
„Lass auf keinen Fall einen Gutachter kommen!“
„Warum“, fragte ich mit verheulter Stimme.
„Weil ich mir den Schaden erst einmal selbst anschauen möchte, hörst du? Wimmle den Typ ab!“
Am nächsten Tag meldete sich tatsächlich der Gutachter und ich sagte ihm dass ich keine Zeit hatte und er sich nochmal melden sollte. Was anderes viel mir nicht ein.
Der Typ war voll aufdringlich und rief gleich am nächsten Tag wieder an, erneut vertröstete ich ihn.
Mein Mann kam einen Tag später aus Amerika zurück und nach dem er ausgeschlafen hatte gingen wir zusammen in die Garage zum Motorrad.
Ich stand neben meinem Mann und als mein Blick auf die Kratzer fielen begann ich mal wieder zu heulen.
„He so schlimm sieht es doch gar nicht aus“, sagte mein Mann und nahm mich in den Arm.
„Ja, aber die Kratzer“, stammelte ich unter Tränen.
„He da machen wir eine Aufkleber drüber und schon sind die Weg.“
„Wir können sie doch über die Versicherung wegmachen lassen.“
Mein Mann schob mich etwas von sich.
„Keine gute Idee. Erstens, bei den Kratzer sieht man deutlich das die Maschine bewegt wurde und zweitens denkst du wirklich ein Kind mit einem Gewicht von höchstens dreißig Kilo schafft es eine Maschine die auf dem Hauptständer steht umzuschmeißen?“
Jetzt wo ich so darüber nachdachte gestand ich mir ein das mein Mann recht hatte.

Am nächsten Tag rief der Gutachter schon wieder an und wollte unbedingt vorbei kommen, dieses mal sagte ich ihm das mein Mann den Schaden selbst instand setzen würde und ich somit die Schadensanzeige zurückziehen würde.

Ich gebe es ja zu, ich habe ein kleines bisschen kriminelle Energie, liegt wohl in der Familie. Daher hatte ich auch überhaupt kein Problem als meine Schwester mich anrief und sagte das sie ein Radio aus einem Autodiebstahl für wenig Geld bekommen könnte.
Unser Autoradio war eh nicht mehr so gut und so nutzte ich die Gelegenheit und sagte meiner Schwester das ich zu ihr kommen würde um sie zu holen. Gemeinsam wollte wir dann zu dem Hehler fahren um die „Ware" anzuschauen.
Eine halbe Stunde später kam ich bei meiner Schwester an und gemeinsam fuhren wir dann an den Hauptbahnhof. Dort würden wir den Hehler in seinem Auto treffen.
Ich kam mir vor wie in einem Krimi, ehrlich.
Es war nicht mehr ganz hell als wir das Auto erreichten. Schnell stiegen wir ein und der Typ zeigte mir auch gleich das Radio.
Ich betrachtete das Teil eingehend, bedenke ich hatte wirklich keine Ahnung von Radios und die Marke kannte ich nicht.
„Ist ganz angesagt das Teil", flüsterte der Typ dann auch prompt.
„Wie viel?", fragte ich cool, zumindest hoffte ich das ich mich cool anhörte.
„200."
„100 ist ja auch heiße Ware." Das hatte ich irgendwann einmal in einem Film gehört, dort ging es allerdings um weiße „Ware".
„150."
Ich hatte nicht damit gerechnet das der Typ überhaupt von seinem Preis runtergehen würde und so nahm ich das Angebot an. Ich gab ihm die Kohle, er mir das Radio und schon war das Geschäft erledigt.
Meine Schwester und ich verließen das Auto, das Radio verbarg ich unter meiner Jacke. Schnell gingen wir zu

meinem Auto, dort legte ich das Radio auf die Rückbank und brachte meine Schwester nach Hause.
Mein Mann hatte an dem Tag Spätschicht und würde erst in zwei Stunden nach Hause kommen. Die Zeit schlich dahin und mit jeder Minute wurde ich aufgeregter.
Was der wohl zu unserem neuen Radio sagen würde?
Dann endlich kam er heim und ich überfiel ihn gleich im Flur, ich ließ ihm kaum Zeit die Schuhe auszuziehen und zog ihn in die Küche. Dort lag das Radio.
Während mein Mann sich das Radio anschaute flüsterte ich das es sich bei dem Ding um heiße Ware handelte.
Auf gut Deutsch geklaute Ware.
„Was hast du dafür bezahlt?“, fragte mein Mann stirnrunzelnd.
„Der Hehler wollte 200 ich habe ihn auf 150 runtergehandelt“, sagte ich mit stolz geschwellter Brust.
„Ich möchte dich nur ungern enttäuschen, doch das Teil ist keine 100 Wert.“
„Aber“, stotterte ich.
„Schatz, das ist irgendein Noname Radio aus der Autoabteilung vom Massa. Lass das Ding mal neu 150 kosten.“
„Ja, aber da steht doch ne Marke drauf.“
„Das Ding ist irgend so ein Japanschrott.“
Und wieder einmal heulte ich über meine Blödheit und über mein armes Geld.
Doch eins habe ich gelernt Finger weg von heißer Ware……

**Rubrik verschiedenes**

Meine nächsten Missgeschicke kann ich in keine spezielle Rubrik packen, deshalb die Rubrik verschiedenes.
Wie bereits in meiner vorherigen Erzählung erwähnt, habe ich eine Zeitlang Kampfsport gemacht.
Wir übten Abwehrtechniken und Tritte, halt so Sachen die man im Hap Ki Do ebenso macht.
Ich war in einer Frauengruppe immerhin war ich schon knapp vierzig, dort ging es nicht so hart zu wie bei den Männern. Irgendwann kam jemand auf die Idee mal mit den zwei Meter langen Bambusstöcken zu trainieren.
Das gefiel mir und ich fragte ob ich zwei der Stöcke mit nachhause nehmen könnte. Vielleicht fand ich ja die Zeit und einen Partner um daheim noch ein bisschen üben zu können.
Ich durfte und nahm somit zwei Bambusstöcke mit nach Hause.
Allerdings standen sie dort dann erst einmal unberührt.
Bis zu dem Tag an dem meine Schwester bei mir vorbei kam.
Ich sah in ihr gleich einen Trainingspartner und drückte ihr im Hof stehend einen der Stöcke in die Hand.
Meine Schwester stand mir nun gegenüber, den Stock in der Hand haltend. Sie hielt ihn so dass er neben ihr stand.
Ich ging einen Schritt zurück nahm meine Stock hoch und schlug leicht von oben in Richtung dem Kopf meiner Schwester. Ich rechnete fest damit dass sie einen Abwehrinstinkt hatte und automatisch ihren Stock schützend über sich halten würde.
Doch damit rechnete ich vergeblich.
Sie blieb wie einer der Terrakotta Soldaten stehen und ihr Stock neben ihr.
Es kam wie es kommen musste, ich haute meiner Schwester meinen Stock auf den Kopf. Nicht so fest dass sie einen ernsthaften schaden erlitten hätte, doch schon so fest dass sie den Schlag merkte.
„Sag mal du Depp, warum schlägst du mich mit dem Stock?“
„Entschuldigung, ich dachte du wehrst meinen Stock mit deinem ab“, stammelte ich entsetzt.

„Scheiße hat das eben getockt", schimpfte meine Schwester und stellte den Stock weg und ging in die Küche.
Dort saß meine Mutter.
„Ma, Micha hat mir eben einen Stock auf den Kopf geschlagen."
Ich hinter meiner Schwester her.
„Ma das war keine Absicht, ich dachte sie wehrt den Schlag ab."
„Ma das hat getockt vom Kopf bis in den kleinen Zeh."
„Ihr seid Idioten. Werdet euch einig und lasst mich in Ruhe."
Ich ging mit meiner Schwester wieder raus in den Garten.
„Warum hast du deinen Stock nicht hoch genommen?", fragte ich meine Schwester.
„Weißt du, als du deinen Stock hochgehoben hast konnte ich nur denken „die wird doch nicht."
Bevor ich jedoch reagieren konnte hast du schon zugeschlagen…."
Das liegt nun schon Jahre zurück und wir lachen heute noch beide darüber. Bevor jemand etwas falsch versteht, ich liebe meine kleine Schwester und würde für sie durchs Feuer gehen.
Ich habe meine Schwester auch bei ihrem ersten Frauenarzt besuch begleitet. Sie hatte damals etwas Angst und so ging ich mit ihr hin.
Während wir warteten bis sie aufgerufen wurde wollte sie natürlich von mir wissen wie die Untersuchung ablaufen würde.
Sie wollte es wissen und ich erzählte ihr folgendes:
„Also du musst dich untenrum ausziehen, dann musst du auf so einen Stuhl wo man die Beine rechts und links hochlegen muss. Dann sitzt der Arzt vor deiner, du weißt schon, dann nimmt er eine Zange führt sie ein und untersucht dich."
„Wie groß ist die Zange?", fragte meine Schwester nervös.
Da ich den Schalk im Nacken hatte zeigte ich ihr mit den Händen ungefähr die Größe von 25 cm.
Was soll ich sagen, sie wurde blass. Bevor ich das allerdings richtig stellen konnte wurde sie aufgerufen.

Sie hatte mir im Vorfeld gesagt das sie wollte das ich mit zu der Untersuchung gehen sollte.
So stiefelten wir zuerst in den Besprechungsraum.
Dort führte der Arzt ein kurzes Gespräch mit meiner Schwester, dann bat er sie in den Untersuchungsraum zu gehen und sich untenherum freizumachen.
Ich ging mit in den Untersuchungsraum, ich kannte den Arzt da es auch meiner war und unterhielt mich mit ihm während sich meine Schwester frei machte.
Ela kam hinter der Abtrennung hervor und ich grinste.
Sie hatte ihr T-Shirt bald bis zu den Knien herunter gezogen und kam langsam Richtung Untersuchungsstuhl.
„Nehmen sie doch bitte auf dem Untersuchungsstuhl platz“, bat der Arzt meine Schwester.
Zögerlich folgte sie und selbst auf dem Untersuchungsstuhl versuchte sie noch ihr Shirt über ihre, du weißt schon was, zu ziehen.
Ich stand hinter dem Stuhl und tätschelte meiner Schwester beruhigend die Schulter.
„Ich fange dann mal mit der Untersuchung an, es kann kurz kalt werden.“
„Au au au“, kam es prompt von meiner Schwester.
Ich schaute den Arzt an, er hob die Hände und sagte:
„Ich habe doch noch gar nichts gemacht.“
„Alles gut“, flüsterte ich meiner Schwester ins Ohr.
„Auf ein neues und sie brauchen keine Angst zu haben, die Untersuchung tut nicht weh.“
Meine Schwester ließ alles über sich ergehen und als der Arzt fertig war konnte sie gar nicht schnell genug vom Untersuchungsstuhl runter kommen. Dabei fiel ihr Blick auf die „Zange“ was in Wirklichkeit eine kleine Spreizzange war. (Ich weis nicht ob das der richtige Begriff ist, ich denke jedoch jede Frau weis was ich meine)
Als wir meiner Mutter vom Arztbesuch berichteten schimpfte sie mit mir, allerdings nur halbherzig sie kannte meine Schwester und mich gut genug um zu wissen das hinter alledem keine böse Absicht steckt.
Obwohl, meine Schwester ist auch bis heute noch so prüde was Nacktheit oder Ähnliches angeht.
Wodurch wir gleich zum nächsten kommen.

Mein Sohn hatte Probleme mit seiner Vorhaut und als er in den Kindergarten kam meinte er irgendwann:
„Mama das brennt“, und zeigte auf seinen Döddelchen.
Da sich die Vorhaut nicht über die Eichel schieben ließ gingen wir mit dem Kleinen zum Urologen.
Der Arzt meinte es wäre ein klassische Vorhautverengung und würde von selbst nicht weg gehen. Er empfahl uns eine kleine Op.
Bereits wenige Tage später wurde der Sohnemann operiert.
Die Operation dauert nicht lang und wir konnten am selben Tag mit ihm wieder nachhause.
Er hatte einen kleinen Verband um seinen Döddelchen und die Ärztin meinte wir sollen ihn abends erneuern. Sie gab uns sogar Verbandsmaterial mit.
Ich machte zu dem Zeitpunkt einen Nähkurs und war am Abend nicht zu Hause, war ja auch kein Problem mein Mann war ja da.
Eine halbe Stunde nach Kursbeginn klingelte mein Handy.
Mein Mann rief an und sagte mir dass er den Verband nicht ab bekäme. Ich riet ihm eine Schüssel mit warmen Wasser zu füllen und dort noch ein bisschen Kamile dazu zu geben und den Kleinen reinzusetzten. Dann müsste der Verband bestimmt abgehen.
Ich hatte allerdings keine Ruhe mehr und konnte mich auch nicht mehr Konzentrieren. So brach ich die Stunde ab und fuhr nach Hause.
Zuhause hatte mein Mann die Schüssel mit dem Wasser ins Wohnzimmer vor den Fernseher gestellt und der Kleine saß darin.
Man sah unserem Sohn an das er müde war und so holte wir ihn aus dem Wasser und legten ihn auf die Couch.
Dort schlief er auch gleich ein.
„Ich fahre in die Apotheke und hole so einen Gitterverband, die sollen an den Wunden nicht ankleben.“
Ich nickte und schaute auf unseren schlafenden Sohn.
Er trug nur ein Schlafhemd, untenherum war er nackisch.
An einer Stelle seines Döddelchens hing immer noch der Verband. Vorsichtig um ihm nicht weh zu tun oder zu wecken versuchte ich es zu lösen. Ich ließ mir viel Zeit und schwitzte dabei wie ein Chirurg bei einer Herzoperation.

Gerade machte ich das mini bisschen ab als mein Mann hereinkam. Der Sohnemann erwachte und weinte.
Scheinbar hatte das lösen doch etwas gezwickt.
Zuerst beruhigend wir den Kleinen dann legte mein Mann vorsichtig neues Verbandsmaterial an.
Die Nacht schliefen wir alle drei gut und am nächsten Morgen sollte der Verband ab und auch ab bleiben.
Wir zogen unserem Sohn eine weite Schlafhose an, damit auch ja nichts an seinem Döddelchen festklebte.
Damit wir ganz sicher gehen konnten, Kinder lassen sich ja leicht verarschen zum Glück, forderten wir den Kleinen mehrfach am Tag dazu auf die Hose herunterzulassen um uns sein toll operierten Döddelchen zu zeigen.
Stolz folgte er der Aufforderung.
Dann kam meine Schwester um zu sehen wie es ihrem Neffen ging.
Wir saßen in der Küche, Ela auf der Eckbank. Unser Sohn kletterte auf die Eckbank, lief zu seiner Tante und stand dann neben ihr.
Ohne Vorwarnung zog er seine Schlafhose herunter und sagte:
„Ela guck mal, ist der nicht schön geworden.“
Meine Schwester drehte ihren Kopf und war somit mit ihren Augen auf Augenhöhe mit dem Döddelchen ihres Neffen.
Schnell drehte sie ihren Kopf weg, bekam rote Ohren und sagte:
„Ja schä und jetzt pack en weg.“
Mein Mann und ich lachten über ihre Reaktion zumal sie mittlerweile selbst Mutter eines Jungen war und trotzdem noch so gienanth.

Da fällt mir gerade noch eine Situation ein die komischer nicht sein konnte.
Mein Mann, unsere Tochter und ich saßen im Wohnzimmer und schauten Fernsehen. Tobi unser Sohn war damals knapp vier und schlief schon lange.
Wir schauten irgendeinen Film als Tobi plötzlich ins Wohnzimmer kam. Zielstrebig lief er zum Mülleimer (unser Wohnzimmer war unterm Dach und keiner von uns hatte

Lust wegen jedem Schnipsel runter an den Mülleimer zu laufen).
Gespannt und wortlos beobachten wir unseren Kleinen. Er machte den Deckel vom Mülleimer auf zog seine Schlafhose runter und pieselte in den Mülleimer.
Als er fertig war zog er seine Schlafhose wieder hoch und ging einfach so zurück in sein Zimmer und in sein Bett.
Ich kann bis heute nicht sagen warum er das gemacht hat, klar habe ich ihn am nächsten Tag gefragt. Doch er konnte sich an nichts erinnern.

In Punkto genieren gibt es auch bei mir Grenzen, klar ich kann über alles reden, doch ich muss nicht alles sehen wohl gemerkt.
Dazu gehört auch folgendes Erlebnis.
Es gab eine Zeit in der mein Mann unsere Tochter und ich in Spielotheken verkehrten. An irgendeinem Tag waren wir in einer größeren Spielothek in Worms unterwegs.
Für alle die noch nie in so einer Spielothek waren, es stehen meistens zwei Spielautomaten nebeneinander.
Es gibt sogar verschieden Hallen, wir waren an diesem Tag zwar in derselben Halle, doch ich saß etwas Abseits an einem Automaten während meine Tochter neben ihrem Papa saß und zockte.
Der Automat neben mir war unbesetzt und das war mir auch recht. Dann kam ein junger Mann und fragte mich ob der Platz neben mir noch frei war.
Ich nickte und er setzte sich neben mich und begann am Automaten zu spielen.
Irgendwie sind wir dann ins Gespräch gekommen, nichts schlimmes nur so banales Zeug.
Damit der junge Mann unser Gespräch auch nicht falsch deuten würde ließ ich irgendwann einfließen das mein Mann und meine Tochter auch da waren. Ich zeigte sogar in die Richtung meiner Lieben.
Ich weiß nicht warum, aber ich erzählte dem jungen Mann sogar noch das wir bereits seit über dreißig Jahren zusammen waren.
Jetzt berichte ich wie das Gespräch damals weiterging:

„Echt über dreißig Jahre?“
„Ja, er ist für mich der beste Ehemann der Welt.“
„Ich hätte auch gerne eine Beziehung die so lange hält.“
„Dann kann ich dir nur einen Tipp geben, in einer Beziehung muss man viel miteinander reden.“
„Bei mir ist es leider so das wenn ich meiner neuen Freundin erzähle auf was ich stehe, lachen die dann immer und gehen.“
„Ok!“, mehr fiel mir in dem Moment nicht ein.
„Ich stehe auf Füße.“
Während er das sagte schaute er auf meine Füße. An diesem Tag trug ich weiße Pumps mit einem hohen Absatz.
Ich, doof wie ein Brot, verstand aber nicht was er meinte.
„Ich stehe auch auf Füße, ich liebe Fußmassage. Ich war sogar letztens extra beim Masseur und habe mir die Füße massieren lassen.“
„Ehrlich? Was kostet so etwas?“
„Na ja, ich habe für eine halbe Stunde 17 Euro 50 bezahlt.“
Scheinbar hatte ich genuschelt wie sich der nächste Satz vom ihm zeigte.
„71 Euro? Die würde ich dir auch bezahlen wenn ich deine Füße massieren dürfte.“
Genau da fiel dann endlich der Groschen bei mir und mir dämmerte das er was ganz anderes meinte.
(Falls du auch auf dem Schlauch stehst, das ist so ein Typ der dir über die Füße……..na ja, Sex spiele mit Füßen halt)
Zum Glück war mein Spielgeld aufgebraucht, ich schaute den jungen Mann an.
„Ähm ich geh dann mal zu meinem Mann, mein Automat gibt nichts.“
Fluchtartig ging ich zu Mann und Tochter, klar habe ich beiden Erzählt was ich erlebt hatte und du glaubst es sicher nicht, doch beide haben mal wieder über mich und meine Naivität gelacht.

Wobei, da ich ja gerade das Themenfeld Sexuelle Vorlieben streife darf dabei eins nicht fehlen.
Ich glaube wir hatten zu dem Zeitpunkt noch keine Kinder, egal spielt dabei eh keine Rolle.

Es war Sommerzeit und somit Bikini Zeit. Ich selbst kenne kein weibliches Wesen das sich nicht die Bikinizone oder auch etwas mehr rasiert.
So auch ich, allerdings bei einert der vielen Rasuren passierte es dann und ich verpasste mir einen kleinen Schnitt an der äußeren Schamlippe. Jeder dem so was schon einmal passiert ist weiß das es nicht bloß blutet wie sau sondern auch brennt. So auch bei mir.
Es passierte mir mittags und als ich abends mit meinem Mann im Bett lag, brannte es immer noch. Das bluten hatte nach ein paar Minuten aufgehört.
Ich sagte meinem Mann das ich mich geschnitten hatte und es scheiße brannte.
Mein Mann schaute mich an und fragte ob er mir Bepanthensalbe holen und drauf machen sollte.
Ich bejahte und so ging mein Mann ins Wohnzimmer um die Salbe zu holen.
Er kam kurz danach wieder zurück und meinte:
„Ich habe die Bepanthensalbe nicht gefunden, aber Fenistil. Da steht sogar drauf wenn es juckt und brennt."
Er hielt mir die Tube hin und ich las das auch.
Klar und deutlich, wenn es juckt und brennt.
Das folgende bitte ich dich dir jetzt so gut es geht vorzustellen.
Ich lag auf dem Bett, klar untenherum nackisch die Beine gespreizt, die Hände hinterm Kopf verschränk.
Mein Mann neben einem meiner Beine sitzend.
Er machte sich etwas der Salbe auf den Finger und betupfte dann den kleinen Schnitt.
Es dauerte noch keine zwei Sekunden bis die Wirkung einsetzte.
Ich riss die Augen auf wie ein glubschi, meine Hände schnellten hier meinem Kopf hervor und landeten auf meiner .... Du weißt schon wo, auf dem Schnitt.
„Es brennt", rief ich mit Tränen in den Augen.
Mein Mann neben mir mit der Situation sichtlich überfordert und ich immer wieder laut, es brennt rufend....
Er stand dann schnell auf, lief ins Bad holte einen nassen Waschlappen und machte mir damit den Rest der Salbe weg.

Es dauerte noch ein paar Minuten bis das brennen nachließ und mein Mann entschuldigte sich bei mir.
„Das wollte ich nicht, es tut mir leid. Ich wollte dir doch nur helfen."
Das war mir vollkommen klar, ich war ihm auch gar nicht Böse.
Ich kann dir sagen, in den nächsten Tagen entwickelte sich daraus sogar ein running Gag. Immer wenn ich nicht so machte wie mein Mann wollte drohte er mir mit der kleinen Tube Fenistil Salbe....

Ach, da fällt mir noch ein Erlebnis ein das zwar nicht mich betraf doch meinen Sohn (und ja ich habe ihn gefragt ob ich es veröffentlichen darf)
Es war der Urlaub wo beide Kinder und der Freund der Tochter zusammen mit mir und meinem Mann nach Tunesien flogen.
Mein Sohnemann hatte vergessen Rasierschaum zu kaufen und bat seine Schwester welchen für ihn mitzubringen. Da sie eh noch ein oder zwei Sachen Einkaufen gehen wollte war das kein Problem.
In Tunesien dann hatte sich Sohnemann rasiert und ich rede nicht von seinem Gesicht, sondern seine, es fängt mit E an und hört R auf, soweit so gut.
Er hatte ja alles, Rasierschaum Rasierpinsel und natürlich den Rasierer.
Sohnemann sich schön den Rasierschaum auf die E... und dann lustig losgelegt mit dem Rasieren.
Als er fertig war bemerkte er das seine E... plötzlich ganz kalt wurden, unangenehm kalt...
Natürlich fragte er sich war was los war und er kam auch ziemlich schnell dahinter.
Als er nämlich auf die Dose mit dem Rasierschaum schaute sah er den Schriftzug:
„Mit Menthol für eine angenehme Kühle nach der Rasur"
Er erzählte es uns später und wie du dir vorstellen kannst haben wir darüber mehrere Minuten gelacht, zumal er es ziemlich plastisch schilderte.
Tja so kann es gehen.

Ach, da fällt mir gerade ein, einer unserer besten Freunde Thomas B. hatte dank uns auch ein tolles (zu mindestens für uns) Erlebnis.
Es war Anfang der neunziger Jahre und meine Oma, möge Gott ihrer Seele gnädig sein, hatte mir und meinem Mann ein Streifenhörnchen geschenkt.
Wir nannten den kleine Kerl Pumuckl. Das Tierchen war sehr zutraulich und wie üblich bei Streifenhörnchen sammelte er Futter und Platzierte es an den verschiedenen stellen. In Ritzen und unter der Couch überall fand man seine Futterreserve.
Gerne schlief Pumuckl eingekuschelt in unseren Pullover unter der Achsel. Irgendwann kam Thomas zu besuch, Pumuckl war wie üblich frei im Wohnzimmer unterwegs. Thomas saß auf der Couch und wir quatschten einfach ein bisschen, plötzlich kam Pumuckl und lief auf Thomas zu. Er sah ihn kommen und grinste noch, bis nun ja, bis das Streifenhörnchen in erreichte und bitter in den Finger biss. Es war nicht so dass er den Finger hingestreckt hatte, nein er hatte seine Hand auf der Couch neben sich. Pumuckl muss ziemlich heftig gebissen haben.
„Aua, scheiße was war das?“, gab Thomas von sich.
Ich zuckte mit der Schulter, das hatte das Streifenhörnchen noch nie zuvor gemacht.
Nachdem Pumuckl gebissen hatte lief er kurz weg um dann gleich wieder hinzulaufen. Ich schwöre Thomas schaute das Tier ängstlich an.
Thomas ist schätze ich mal 180 groß und wog damals vielleicht 90 Kilo. Groß und stattlich…
Pumuckl war mit seinem langem Schwanz vielleicht gerade einmal 20 cm und wog höchstens 50 gramm.
David gegen Goliath, grins…
Pumuckl biss wieder, da hatte Thomas dann die Schnauze voll.
Ich nahm das Streifenhörnchen (ja ich lachte) und sperrte es in seinen Käfig.
Vielleicht roch Thomas anders (mir fiel allerdings nichts auf), wer weiß vielleicht gibt es Geruchsstoffe die so ein Tierchen aggressiv macht?

Es vergingen ein paar Tage und Pumuckl verhielt sich ganz normal und ohne Vorwarnung biss er dann mich.
Da verstand ich warum Thomas ängstlich geschaut hatte.
Das tat scheiße Weh und das kleine Mistvieh lief auch sofort wieder weg. Ich saß, als es biss, auf der Couch.
Sofort sprang ich auf und schaute wo es war. Als ich es sah, ich schwöre es fletschte die Zähne und hatte bestimmt rot glühende Augen, verzog ich mich auf den Ölofen der im Zimmer stand. Ich zog die Beine hoch und rief nach meinem Mann.
Pumuckl stand unten vor dem Ofen, ich schwöre er knurrte und ich hatte Angst….
Mein Mann kam und als er sah wie ich auf dem Ofen saß lachte er schallend.
Ich telefonierte mit meiner Oma und fragte sie ratlos was mit dem Tier auf einmal los war.
„Drehe ihn auf den Rücken und schaue ob er am Bauch eine Schwellung hat.“
Ich hütete mich das Tierchen nochmal anzufassen und so schaute mein Mann.
Tatsächlich war da eine Schwellung, unser Pumuckl war paarungsbereit und wie bei Männer die keinen Sex bekommen wurde er dadurch komisch.
Kastration kam bei so einem kleinen Tier nicht in Frage, da die Gefahr zu hoch war das er das nicht überlebte.
Schweren Herzens gaben wir ihn meiner Oma zurück und die gab ihn an ein Mädchen mit einem weiblichen Streifenhörnchen.
Damit war das Kapitel Streifenhörnchen erledigt.
(Von meiner Oma erfuhr ich das Pumuckl kurz nach der Weggabe Papa geworden war und nicht mehr Biss)

Wo ich gerade bei dem Thema Angst bin würde ich gerne wissen wie es bei dir ist. Stell dir vor es ist 22 Uhr 00 würdest du zu dieser späten Stunde auf einen Friedhof gehen?
Alleine würde ich schon mal gar nicht gehen, zu zweit? Jo.
Eine unserer Nachbarinnen war verstorben und auf dem örtlichen Friedhof begraben. Da die Dame extrem unbeliebt

war, nicht nur bei uns, ging von meiner Familie keiner bei ihrer Beerdigung mit.
Wir erfuhren trotzdem das sie sich nicht im Grab ihres Jahre zuvor verschiedenen Mann bestatten lassen wollte.
Ganz ehrlich? Ich hielt das für ein Gerücht.
An einem Samstagabend war ich mit Sandra auf einer Geburtstagsparty. So gegen halb Zehn entschieden wir uns die Party zu verlassen. Sandra fuhr und auf dem Weg zu mir nach Hause kamen wir an dem Friedhof vorbei.
„Sollen wir mal schauen gehen?“, fragte ich meine Tochter.
„Klar warum nicht“, sagte sie dann auch prompt.
Damit hatte ich nicht gerechnet, zumal wer geht dann schon abends um knapp 22 Uhr auf einen dunklen Friedhof?
Einen Rückzieher wollte ich jedoch auch nicht mehr machen.
Sandra parkte auf dem dazu gehörigen Parkplatz und bevor ich aus ihrem Auto ausstieg öffnete ich das Handschuhfach und siehe da darin lag eine dieser Kopflampen.
„Wozu hast du so was dabei?“, fragte ich meine Tochter.
„Wenn ich im Winter auf die Koppel gehe wird es früh dunkel und dann nehme ich die.“
Aha, dachte ich bei mir und nahm die Lampe an mich.
Die kleine Lampe war an einem Gummiband befestigt, das zog man sich dann über den Kopf und schon konnte man so vor sich hin leuchten.
Ich stülpte mir das Band über den Kopf und ich weiß nicht was ich mir bei meiner nächsten Handlung dachte, wahrscheinlich nichts, doch ich zog die Lampe etwas vom Kopf weg und ließ sie dann los.
„Aua, scheiße“, sagte ich als es tok machte und die Lampe mir auf die Nase schnorrte.
„Was machst du?“, fragte Sandra.
Natürlich lachte sie mich aus als ich ihr sagte was ich verzapft hatte.
Ich rieb mir über die Nase und gemeinsam betraten wir den Friedhof.
Still und dunkel lagen die Gräber vor uns, hier und da leuchte ein Grablicht was das Ganze noch gespenstiger machte.

Ein bisschen hatte ich ein mulmiges Gefühl bei der Sache, doch meiner Tochter schien das gar nichts auszumachen. Und das obwohl sie früher immer so ängstlich gewesen war. Einmal, wir waren mit unserem Hund und ihrem Bruder spät abends noch spazieren und als wir an einem Gebüsch vorbei kamen und es darin kurz raschelte erschrak sich Sandra so dass sie mich ansprang.
Selbst Ben unser Hund zog den Schwanz ein.
Das Problem an der Sache mit dem Anspringen war ganz einfach das Sandra damals bestimmt schon 14 Jahre alt war. Nicht gerade das Alter in dem man seine Tochter noch so einfach auf den Arm nehmen konnte.
Zurück zum Friedhof.
Wir liefen über den ganzen Friedhof und schauten uns verschiedene Gräber an. Viele der Namen kannte wir was das ganze noch ein bisschen unheimlicher machte.
Während wir uns die Gräber betrachteten unterhielten wir uns über die Leute die dort lagen.
Dann kamen wir ans Grab unseres Nachbarn und siehe da ihr Name und ihr Geburtsdatum standen auf dem Grabstein. Das Grab selbst war unberührt. Wir gingen weiter und am anderen Ende des Friedhofes fanden wir dann ihr Grab. Meine Tochter und ich waren fassungslos.
Wir blieben einen Moment stehen, schüttelten den Kopf und machten uns dann auf den Rückweg.
„Sag mal macht es dir nichts aus auf dem Friedhof rumzulaufen?"
„Nein, wieso? Die sind doch alle Tod und machen mir bestimmt nichts. Ich wäre auch alleine darüber gelaufen", sagte meine Tochter. Ihr Tonfall sagte mir dass sie das auch so meinte.
„Ich nicht", sagte ich.
„Warum? Was ist der Unterschied ob du jetzt alleine oder mit mir über den Friedhof läufst?"
Ich schluckte und sagte dann:
„Na ja ich bin mit dir darüber gelaufen aus dem einfachen Grund, ich kann schneller rennen als du!"
Kurze Ruhe, dann begann ich zu lachen.
„Das ist jetzt nicht dein Ernst?", sagte meine Tochter und schaute mich mit großen Augen an.

„Doch!“
Ich lachte noch bis wir zuhause waren. Dort erzählte ich meinem Mann von dem Gespräch und er fand das auch lustig….

Da fällt mir gerade etwas ein worüber wir damals nicht wirklich lachen konnten, heute jedoch schon.
Ich hatte mir eine Jeans gekauft, bei der mir die Farbe nicht gefiel doch sie war billig und passte oben herum.
Ja ich war damals schon ein bisschen speckig.
Da ich ja nicht dumm war, wusste ich das man Jeans auch entfärben konnte. Ich wollte sie halt nicht dunkel blau sondern hell blau.
Ich nahm die Hose legte sie in die Badewanne und ließ warmes Wasser einlaufen. Dann schüttelte ich WC Pulver dazu. Damit nicht genug ich goss noch verschiedene Reiniger dazu und ließ die Hose zwei Stunden im dem Chemiesud.
Als ich die Hose wieder heraus holte musste ich enttäuscht feststellen das die Chemie der Farbe nichts angehabt hatte.
Dafür hatte die Keramik der Wanne schaden genommen.
Die Wannenbeschichtung hatte lauter kleine Löcher.
Mit gesenktem Kopf zeigte ich meinem Mann was ich angerührt hatte.
„Kein Problem, wir nehmen die Wanne heraus und machen einfach eine neue rein.“
Wir kauften im Baumarkt eine Wanne und zuhause machten wir uns an die Arbeit.
So einfach wie mein Mann dachte war es dann doch nicht.
Er musste die unterste Fliesenreihe entfernen, sonst würde die Badewanne nicht raus gehen.
Beim Entfernen der Fliesen, mit Hammer und Meißel, löste sich vom Hammer der Metallkopf und flog im hohen Bogen gegen die Toilette. Treffer und versenkt, dachte ich als ich mir die kaputte Kloschlüssel betrachtete.
Wir also wieder ins Auto und ab zum Baumarkt um dort einen neuen Klo zu kaufen.
Zuhause holte mein Mann die Wanne raus und wollte anschließend das Klo montieren.

Und was soll ich sagen? Er musste feststellen das die Abflussrohre zerfressen waren, scheinbar hatte sein Vater irgendwann einen zu aggressiven Reiniger in den Klo geschüttet.
Wir also wieder zum Baumarkt um Rohre zu kaufen, dabei nahmen wir dann auch gleich noch ein neues Waschbecken und neues Wandmaterial mit.
Was soll ich sagen, der Spaß meine Hose zu entfärben kostete knapp 4000 Mark, aber dafür hatten wir dann ein neues Badezimmer.
Die Hose selbst hatte ich ein paar Wochen später an den Unterschenkel enger genäht und nun gefiel sie mir ausgesprochen gut, obwohl sie immer noch dunkelblau war.
Die Hose wurde sogar meine Lieblingshose und wenn ich eine Lieblingshose habe trage ich die fast täglich.
So auch damals.
„Nicht das du jetzt denkst ich wäre mit dreckigen Hosen rumgelaufen, die Hose wurde regelmäßig gewaschen.
Es war Samstag und wir wollten mit Freunden abends zum Billardspielen gehen.
Meine Lieblingshose steckte in der Waschmaschine und als sie fertig war musste sie noch trocknen. Wir hatten damals noch keinen Trockner.
Damit das etwas schneller ging hängte ich die Hose in unserem Wohnzimmer über die Marmorplatte des Ölofens und ging mit meiner Freundin raus.
Zwei Stunden später gingen wir nichts ahnend ins Wohnzimmer, beziehungsweise wollte hinein gehen, doch als ich die Tür öffnete kam mir nur qualm entgegen.
Schnell rief ich meinen Schwiegervater.
„Vater bring schnell Wasser, es brennt."
Unser Wohnzimmer befand sich damals im ersten Stock und mein Schwiegervater war im Erdgeschoss.
„Was?", rief er.
„Es brennt, schnell Wasser", gab meine Freundin die hinter mir stand weiter.
„Und wie soll ich das rauf bringen?", fragte mein Schwiegervater seelenruhig.
„In einem Eimer?", rief ich und konnte es nicht fassen.

Mittlerweile hatte sich der Qualm etwas gelichtet und ich sah das das Ende meiner Hosenbeine und das Ende des Hosenbundes auf dem Teppichboden neben dem Ölofen lagen und kokelten.
Endlich kam mein Schwiegervater mit einem kleinen Eimerchen gerade mal zur Hälfte gefüllt mit Wasser. Ich nahm den Eimer und löschte die kläglichen Reste meiner Lieblingsjeans.
Dann öffnete ich das Fenster um den qualm abziehen zu lassen.
Natürlich schimpfte mein Mann als er sah was ich wieder verzapft hatte, doch eigentlich war er froh das nicht mehr passiert war.
Ach so, an diesem Abend zog ich halt einfach eine andere Hose an.

1992 bauten wir unser Haus um, ich war damals zuhause da ich ja gerade Mutter von Sandra geworden war.
Wir gingen an den Umbau ziemlich blauäugig ran, wir machten viele Fehler die mir heute mit Sicherheit nicht mehr passieren würde.
Das erste was ich falsch machte war das ich verschiedene Architekten anrief. Der erst der kam, kam in einem kleinen alten Ford Fiesta mit zerrissenen Jeans. Ich ließ mich durch sein Äußeres blenden und entschied direkt, der schon mal nicht!
Der zweite und dritte die ich anrief hatten keine Zeit. Dann meinte meine Schwiegermutter ich solle doch mal sehen ob es den Architekten den sie damals gehabt hatten noch gab.
Es gab ihn noch und ich rief ihn an.
Wenige Tage später kam er auch schon vorbei.
Im Porsche und einem feinen Anzug!
Ich nahm, beziehungsweise gab ihm den Auftrag die Baupläne für uns zu machen.
Wer heut zutage umbaut oder neu baut weiß das man viel Zeit, Nerven und noch mehr Geld braucht als man denkt.
Den zweiten Fehler den wir machten war das wir mit dem Architekten keinen Vertrag schlossen.
Er meinte das mit seinem Preis bekommen wir schon.

Anfangs kümmerte er sich auch soweit ganz gut um alles, schnell war der Plan angefertigt und der Bauantrag eingereicht. Wir wollten über die Sommermonate umbauen, da wir während des Umbaus im Haus wohnen bleiben würden.
Hört sich soweit gut an, oder?
Problem war das wir aufstockten und dazu das Dach und die Decke des Speichers weg mussten. Nun war es so dass das Haus eine offenen Bauweise hatte und wir somit aus verschiedenen Räumen im Erdgeschoss einen freien Blick in den Himmel hatten.
Solang das Wetter gut ist geht das auch….
Nachdem die Baupläne fertig waren wollte ich vom Architekten eine Bauausschreibung, falls du nicht weißt was das ist kein Problem ich wusste es nämlich auch nicht.
Eine Bauausschreibung ist eine Aufstellung der Arbeiten und des Materials was benötigt wird, damit gehst du zu verschiedenen Firmen und die können an Hand der Bauausschreibung ein Angebot anfertigen.
Ich rief mehrfach beim Architekten an und verlange eine Bauausschreibung. Es dauerte ein paar Wochen bis ich das gute Stück endlich in der Hand hielt.
Da war es allerdings zu spät, jede Firma zu der ich kam hatte für den Sommer keine Termine mehr frei.
Zum Schluss musste ich die Baufirmen des Architekten nehmen, welch ein Zufall das die Firmen seinem Neffen gehörte und sogar noch etwas teurer war als die bei denen ich vorgesprochen hatte.
Aber egal, ich musste sie nehmen.
Wir ließen den Abriss und die Maurerarbeiten von den Firmen verrichten.
Für die Fenster kam eine andere Firma ins Spiel und den Estrich vom neu dazu gewonnen obersten Stock machte uns ein Nachbar.
Mit dem Wetter hatten wir Glück es war bis auf einen Tag sehr warm und trocken. Bis halt auf den einen Tag.
Es begann mit einem Gewitter, dann kam der Regen.
Alles kein Problem, wir hatten ja eine große Bauplane.
Dachten wir, die Bauplane lag nämlich sinnlos oben auf der Decke ein Dach hatten wir noch keins.

Wir merkten es allerdings erst als das Wasser an den Wänden im Erdgeschoss herunterlief.
Mein Mann und ich rasten die Treppen hoch und versuchten zu zweit die Plane zu spannen, was gar nicht einfach war.
Das Ding war groß und schwer, klar es sollte ja eine Fläche von 8 x 10 Meter abdecken.
Wir schafften es halbwegs doch das Wasser war bis dato bereits im Keller angekommen.
Ich weiß nicht mehr wie wir diese Zeit überstanden, aber alles hat mal ein Ende und irgendwann hatten wir wieder ein Dach und Fenster.
Dann begann der Innenausbau, den wollten wir selbst machen, sonst hätte unser Geld gar nicht gereicht.
Zudem wir damals den Architekten gefragt hatten mit was wir rechnen mussten.
„Ach 180 000 Mark, das kommt hin."
Dritter Fehler, sowas immer schriftlich geben lassen.
Wir blätterten 1992 insgesamt 246 000 Mark hin und waren noch lange nicht fertig. Im Jahr darauf fraß der Umbau dann nochmal schlappe 46 000 Mark. Und fertig waren wir trotzdem nicht.
Für Außenputz hatten wir kein Geld mehr und so stand unser Haus ein paar Jahre eben halb verputzt da.
Wie gehabt den Innenausbau würden wir selbst machen.
Da im obersten Stock (was ja vorher einfach nur der Speicher war) nun Wohnraum besser gesagt unser Wohnzimmer entstanden war musste die Elektrik neu gemacht werden.
Mein Mann und ich überlegten wo wir überall Steckdosen brauchten und legten es gemeinsam fest.
Am nächsten Tag musste mein Mann wie üblich zur Arbeit, Sandra war unten bei der Oma und ich war entschlossen mit der Elektrik zu beginnen.
Ganz nach dem Motto: „Selbst ist die Frau!"
Ich ging in den obersten Stock schaute mich kurz um und begann die Schlitze zu fräsen.
Mein Mann hatte damals extra eine Mauernutfräse gekauft.
Das ist eine Maschine die zwei Diamantscheiben hatten, die drehten sich dann und man machte damit halt eben Schlitze in die Wand.

Hört sich einfach an ist es aber nicht ganz.
Verkantete man die Maschine konnte das gefährlich werden, deshalb schwitzte ich auch sehr beim Arbeiten.
Schlitz um Schlitz wurschtelte ich den ganzen Tag vor mich hin, als ich mit den Schlitzen fertig war bohrte ich mit einem extra für den Umbau gekauften Aufsatz die Löcher für Steckdosen und die Verteilerdosen.
Dann legte ich die Leitungen und putzte die Schlitze zu.
Ich war kaum fertig als mein Mann von der Arbeit nach Hause kam, ich ließ ihm kaum Zeit seine Schuhe auszuziehen und schleppte ihn nach oben.
Stolz zeigte ich ihm was ich den ganzen Tag gearbeitet habe.
Ich hatte damit gerechnet dass er mich einfach in den Arm nehmen würde um sich zumindest bei mir bedankte, doch weit gefehlt.
Er schaute sich mit großen Augen um und schaute mich dann ratlos an.
„Was?“, fragte ich ebenso ratlos.
„Hast du schon einmal was von Bauvorschriften gehört?“
„Warum?“
„Na ja, du kannst nicht von oben Rechts nach unten Links direkt eine Leitung legen. Nicht quer über die Wand.“
„Warum, ist doch der kürzeste Weg, oder?“
„Ja, aber das ist verboten. Immer nur horizontal oder senkrecht in sogenannte Installationszonen.“
Als mein Mann die Leitungen aus der Wand riss, hielt mich nichts mehr und ich heulte. Er nahm mich dann in den Arm und tröstete mich. Zum Schluss machten wir alles zusammen und hatten sogar viel Spaß beim Arbeiten.
Ich möchte zwar die Zeit nicht missen, doch mit dem wissen von damals würde ich heute sowas nicht mehr machen.
Ich mag auch keine Renovierungsarbeiten, hängt vermutlich mit meinem letzten Erlebnis zusammen.
Wir haben im Wohnzimmer eine Säule. Dabei handelt es sich um den Kamin in dem das Heizungsrohr ist.
Der Kamin ist mit Rigipsplatten verkleidet.
(Ein guter Architekt hätte uns damals vielleicht empfohlen den Kamin außen am Haus anzubringen, aber nicht

unserer). Ursprünglich war der Kamin mit einfacher Raufasertapete tapeziert und anschließend gestrichen. Im laufe der Zeit wurde er noch ein paar Mal überstrichen. Dank der Katzen die wir uns zulegten und die mit Vorliebe am Kamin kratzen sah das ganze irgendwann richtig unschön aus und ich entschloss mich den Kamin neu zu tapezieren.
Ab in den Baumarkt und dort nach neuen Tapeten geschaut, schnell wurde ich fündig.
Ich entschied mich für eine braune (Kackbraune!) Tapete mit goldenen Kreisen.
Von der Qualität her war die gut, sie fühlte sich fest und stabil an.
Ab nach Hause und alles was ich zum Tapezieren benötigte suchte ich zusammen.
Am nächsten Tag wollte ich loslegen. Vielleicht sollte ich hier erwähnen das ich noch nie tapeziert hatte, da ich jedoch von Natur aus denke ich kann alles hatte ich keine Bedenken.
Am Abend sagte ich meinem Mann was ich vorhatte.
„Wenn du eine glatte Tapete nimmst musst du die Unebenheiten der Rigipsplatten spachteln, sonst sieht man die Stellen."
Er gab mir sogar noch extra Spachtelmasse und Zubehör.
Am nächsten Morgen begann ich früh, zuerst firmelte ich die Raufaser runter, dann kam Sandra um mich zu unterstützen. Ich spachtelte dünn über die unebenen Stellen und Sandra half indem sie mir aus einer kleinen Entfernung sagte wo sie noch was sah.
Als keine Unebenheiten mehr zu sehen waren beschauten wir uns unser Werk. Überall waren weiße Gips stellen, der Gips trocknete sehr schnell und kurz danach konnte ich mit dem schleifen beginnen.
Ich holte dazu eine Maschine und unseren großen Industriestaubsauger. An den schloss ich die Schleifmaschine und los ging es.
Es ging gerade mal eine Minute gut und dann gab es im Staubsaugerinneren ein kleines Plop.
Ich schaltete den Staubsauger und die Schleifmaschine ab und schaute nach.

Mist, der Staubsaugerbeutel war geplatzt und ich wusste das wir keinen mehr hatten. Somit war das Absaugen mit dem Staubsauger nicht mehr möglich.
Ich holte unseren Miele Bodenstaubsauger klemmte ihn an die Schleifmaschine und machte weiter. Keine Minute später war auch der Beutel im Miele geplatzt, doch das war kein Problem ich hatte ja noch zwei.
Und ja, auch die Letzten zwei platzten. Da hatte ich hatte ich dann endgültig die Schnauze voll.
„Mach die Balkontür auf", wies ich meine Tochter an.
Unser Wohnzimmer erstreckt sich auf die gesamte Grundfläche unseres Hauses. Also 8 x 10 Meter. Hört sich groß an, ist es aber nicht. Unser Balkon wurde nicht am Haus angebaut sondern die Wand wurde zurück gesetzt und so entstand eine Loggia, ich nenne es aber trotzdem Balkon. Dann geht von der Fläche noch der Treppenaufgang ab und so verbleiben knapp 60 Quadratmeter, was sich auch noch sehr groß anhört kommt einem aber durch die Dachschräge nicht so groß vor.
Auf der gegenüberliegenden Seite des Balkons haben wir noch Fenster, diese öffnete ich damit der Staub abziehen konnte.
Und dann schliff ich ohne Absaugung weiter.
Ich war wie im Wahn und bekam nichts mehr mit. Mein Blick heftete stur auf den Stellen die ich zu schleifen hatte. Als ich fertig war, löste ich meinen Blick und schaute mich im Raum um.
Unser großer schwarzer Flachbildschirm war nicht mehr schwarz sondern weis.
In einer Ecke des Wohnzimmers befindet sich die Ecke meines Mannes, dort stand sein Rechner, zwei Monitore mehrere Drucker und noch so einiges mehr. Alles war Weiß.
Aber in dem Moment war es mir ehrlich gesagt scheiß egal.
Ich schaute meine Tochter an.
„Gut siehst du aus", stellte ich fest und grinste.
Wie die Einrichtungen waren auch wir weiß.
Wir bauten den Tapeziertisch auf und ich begann die Tapete einzukleistern. Klar hatte ich die Länge ausgemessen, bin ja nicht blöd.

Als die erste Tapete am Kamin klebte schaute ich meine Tochter an und fragte:
„Und?"
Mein Kind bekam große Augen.
„Nun ja, hat was."
Ich tapezierte weiter es klappte auch bis ich an die Ecken kam. Der Kamin hatte keine quadratische Form sondern sah aus wie ein großes T und hatte dementsprechend einige Ecken.
An der ersten Ecke stellte ich fest das die Tapete absolut nicht für Ecken geeignet war. Die blöde Tapete war richtig starr und wollte sich einfach nicht um die Ecken legen lassen.
Aber wer bin ich das ich einer scheiß Tapete klein beigebe? Mit jeder Minute wurde ich saurer, selbst Sandra sagte kein Ton mehr.
Irgendwann gegen späten Nachmittag hing die drecks Tapete und ich war mit meinen Nerven schier am Ende. Wir gingen einen Schritt zurück, besahen uns den Kamin und mir kamen Zweifel.
Irgendwie sah der ….. komisch aus.
Dann ging die Wohnzimmertür auf und mein Mann kam herein. Er schaute auf das Chaos im Wohnzimmer und dann sah er überall die dicke weiße Schicht und ihn traf der Schlag.
„Was um Gottes willen hast du gemacht?"
„Ich habe ohne Staubsauger geschliffen", sagte ich kleinlaut.
„Warum?"
„Ähm, der Beutel vom großen Industriestaubsauger ging kaputt und wir haben keinen mehr. Dann habe ich den Miele Bodensauger genommen. Nach ein paar Minuten ging auch dort der Beutel kaputt. Und dann noch einer und noch einer und dann hatte ich die Schnauze voll."
Dann fiel der Blick meines Mannes auf den Kamin und ich sah wie er große Augen bekam.
„Was ist das?"
Ich fing an zu weinen.
„Der sieht ja aus, als hättest du den in Geschenkpapier eingewickelt…. In hässliches Geschenkpapier."

Er hatte Recht und das war ja das Schlimme.
Kack braun und überall goldene Kreise….
Schlimm, einfach nur schlimm.
Dann schaute mein Mann am Kamin vorbei und sah seine Computerecke. Die ganze Anlage komplett eingestaubt.
Ich glaube wenn ich mittlerweile nicht so bitterlich geweint hätte wäre er bestimmt ausgerastet, so schüttelte er nur den Kopf kam zu mir und nahm mich in den Arm.
„Na ja, so schlimm ist es beim zweiten hinsehen doch nicht“, versuchte er mich zu trösten, was aber dazu führte das ich noch mehr heulte.
Selbst Sandra legte ihren Arm um mich.
Nachdem ich mich gefangen hatte machten wir uns zu dritt daran das komplette Wohnzimmer zu putzen. Mein Mann musste sogar seine Computeranlage mit Druckluft ausblasen. Schlimm.
Irgendwann abends saßen wir dann im sauberen Wohnzimmer und schauten Fernsehen.
Ich bemerkte das der Blick meines Mannes mehrfach auf den Kamin fiel, doch mittlerweile konnte auch ich über meinen Fehlkauf lachen.
Die Tapete machten wir ein paar Tage später runter, zu groß war die Gefahr das man davon Augenkrebs bekommen konnte.
Da mein Mann die Form des Kamines schon seit Jahren störte änderten wir mit Holzplatten diese und verkleideten ihn anschließend mit Natursteinen.
Jetzt kann man sich den Kamin anschauen, richtig schön.
Die Tapete war nicht der einzige Fehlkauf in meinem Leben….

Ich weiß nicht mehr wann eBay raus kam, doch ich hatte ziemlich schnell einen eigenen Account und verkaufte einiges darüber.
Gelegentlich kaufte ich auch selbst was bei eBay, wobei damals war es nicht nur ein Kauf sondern man ersteigerte den Artikel.
Und die bieterei hatte so ihre Tücken.

Mein Mann sammelte damals Kugelschreiber und hatte schon eine schöne Stückzahl. Es ging ihm dabei nicht um teure Kugelschreiber sondern sie mussten schön sein.
Von ihm wusste ich auch dass es verschiedene Marken gab, Lamy und so.
Eine Marke blieb mir im Gedächtnis, Montblanc.
Montblanc sollte der Ferrari unter den Schreibgeräten sein und da ich meinem Mann gerne eine Freude bereite stöberte ich durch eBay.
Schnell wurde ich fündig und hatte sogar das Glück das die Auktion bald enden würde. Ich gab mein Gebot ab und siehe da ich war der höchst Bietende.
Mit jeder Minute die verging wurde ich nervöser und schaute im Minutentakt ob jemand mehr geboten hatte.
Zehn Minuten vor Auktionsende hatte mich doch tatsächlich jemand überboten und ich erhöhte mein Angebot.
Ich wollte den Kugelschreiber unbedingt haben!
Wieder wurde ich überboten und wieder erhöhte ich.
Wie im Wahn bot ich und zum Schluss hatte ich den Kugelschreiber für 120 Mark ersteigert.
Ein Haufen Geld, dafür aber ein Montblanc Kugelschreiber.
Ich wollte nicht warten bis das edle Teil bei mir ankam und zog mein Mann an der Hand zum Rechner.
„Schau mal", sagte ich und zeigte auf die Webseite, „ich habe einen Montblanc für dich ersteigert."
Mein Mann schaute auf die Webseite und ging sogar noch ein bisschen näher an den Monitor.
„Ähm du hast nicht gelesen was im Text steht?"
„Nein, warum?", fragte ich naiv.
„Du hast soeben einen Kugelschreiber nach Montblanc Art gekauft."
„Ja aber, in der Überschrift steht doch Montblanc?"
Mal wieder kamen mir die Tränen, diesmal vor Enttäuschung.
„Du musst dir seit neustem immer die Artikelbeschreibung durchlesen. Mittlerweile reisen viele auf dieser Masche.
Bei der Überschrift könnte man meinen das es dieser Artikel ist und erst in der Beschreibung steht dann was es wirklich ist."

Mein Mann nahm mich in den Arm und tröstete mich.
„He dafür ist das aber ein sehr schöner Kugelschreiber und ich werde ihn in Ehren halten.“
„Das hoffe ich doch, alleine schon für den Preis.“
Er hat den Kugelschreiber heute immer noch.
Das nächste mal bot ich auf einen Heimtrainer und wieder setzte ich mir kein Limit und wieder überfiel mich der Bieterwahnsinn. Und erneut bekam ich den Zuschlag für 119 Mark. Barzahlung bei Abholung.
Blöd nur das das Teil bei Aldi irgendwann für 115 Mark im Angebot gewesen war.
Wie so oft im Leben sind alle guten Dinge drei.
Ich wollte unbedingt die CD mit dem Musical Elisabeth das seinerseits in Essen das erste Mal aufgeführt worden war.
Ich ersteigerte die CD für schlappe 100 Mark und als sie kam war ich bitter enttäuscht.
Das war eine einfache selbstgebrannte CD, doch nicht nur das, die Aufnahme war miserabel. Das war dann auch der Schlusspunkt, zukünftig kaufte ich nichts mehr über eBay sondern verkaufte nur noch selbst. Doch auch das ließ irgendwann nach.
(Wenn ich heute was aus dem Internet möchte sage ich es meinem Mann, der sucht und kauft es dann für mich)
Da fällt mir gerade noch etwas ein.
Bei dem Musical Elisabeth war es sogar so dass ich mit meiner Tochter in Essen war um es uns anzuschauen.
Alleine schon die Hinfahrt war ein Adventure. Wir kamen in einen Stau und die Zeit lief. Ich schwitzte Blut und Wasser, zumal die Eintrittskarten nicht gerade billig gewesen waren.
Wir schafften es auf den letzten Drücker, mein Mann der uns gefahren hatte wollte nicht mit rein und vertrieb sich die Zeit.
Sandra war damals 10 und für sie war alles sehr beeindruckend. Wir saßen in der dritten oder vierten Reihe, genau weis ich es nicht mehr. Das Musical wurde mit einem Prolog (Vorwort) eröffnet.
Als Stimme aus dem Hintergrund fragte Luigi Lucheni warum er die Kaiserin Elisabeth ermordet hatte.

Der Prolog dauerte ungefähr fünf Minuten und dann schloss sich der Vorhang.
„Toll, ist es jetzt fertig“, fragte meine Tochter und ich musste schallend lachen.
„Nein, das war doch erst der Anfang.“
Sicher fragst du dich jetzt was daran so komisch war?
Ganz einfach, die Vorstellung ein paar hundert Mark für fünf Minuten Theater für was hielt mich meine Tochter? Krösus?
Die Vorstellung war wirklich fantastisch, sogar so gut das wir nochmal rein gingen. Diesmal musste mein Mann, meine Mutter und mein Neffe sowie Sandra mit.
Während wir die Vorstellung und die tollen Kostüme bewunderten betrachtete sich mein Mann die Bühnentechnik.
Das Geld für seinen Eintritt hätte ich mir getrost sparen können.

Ich habe am Wochenende mal wieder mit Astrid telefoniert und die lässt nichts aber auch gar nichts auf meinen Mann kommen.
Warum?
Ganz einfach, ich hätte sie damals fast ersoffen und er hat sie gerettet.
Wir waren in Bobenheim-Roxheim am Kleinert (das ist ein See, wo man tatsächlich noch schwimmen durfte/darf)
Ich hatte mir Tage zuvor bei dem Versandhaus Quelle ein Schlauchboot für sage und schreibe 400 Mark gekauft.
Das Boot war sogar richtig groß. In dem Boot war Platz für 3 Erwachsene und ein Kind.
War zwar ein Mega Aufriss das Boot aufzupumpen und später wieder halbwegs zusammen zulegen, doch ich liebte das Boot.
An diesem einen Tag waren wir mit dem Boot draußen auf dem See und alberten herum wie die kleinen Kinder.
Das Wetter war top und immer wieder sprangen wir vom Boot aus in den See.
Dann kam mir die Idee das Boot einfach umzudrehen.
War zwar nicht einfach doch mit Astrids Hilfe schaffte ich es. Ich tauchte dann unter das Boot dort konnte man Atmen

da ein kleiner Luftraum zwischen Boot und See entstanden war.
Astrid blieb erst mal außen, ich weis nicht ob sie sich bloß nicht traute.
Ich tauchte immer wieder unter das Boot und wieder heraus.
„Das musst du mal machen ist voll Geil", lockte ich Astrid mehrmals.
Dann zog ich mich am Boot hoch und setzt mich oben auf.
Ich tunkte Astrid kurz und schubste sie unter das Boot, da sie dabei überrascht geschaut hatte musste ich lachen.
Genau in dem Moment kam mein Mann, ich saß immer noch auf dem Boot und lachte. Er fragte wo Astrid sei und ich zeigte unter mich.
Mein Mann tauchte kurz unter und kam sofort wieder an die Oberfläche, er zog eine hustende Astrid hinter sich her.
Sofort hört ich zu lachen auf und half meinem Mann Astrid auf das Boot zu ziehen.
Flach und hustend lag sie dann gut eine Minute auf dem Boot.
„Um Gottes willen was ist passiert?", fragte ich Astrid.
„Nachdem du mich getunkt hast bin ich unter das Boot, dann bin ich hoch und habe nach Luft geschnappt. Unter dem Boot war aber keine Luft mehr und so habe ich Wasser in die Lunge bekommen."
Astrid hustete nochmal.
„Dein Mann hat mir gerade das Leben gerettet."
Das machte mich doch sehr betroffen, ganz ehrlich ich hatte nichts bemerkt.
Wo war die Luft hingekommen?
Ich saß auf dem Boot und da ich nicht gerade leicht bin habe ich die Luft wohl irgendwie rausgedrückt.
„Bei dir wäre ich ersoffen und du hättest es nicht einmal gemerkt", sagt Astrid heute noch.
Ich wiederspreche zwar nicht, doch ich denke immer ach was irgendwann hätte ich bestimmt auch gemerkt das was nicht stimmt….. bestimmt.
Tja mit mir befreundet oder verwandt zu sein kann schon mal hier und da weh tun, doch ich schwöre mit mir hat man auch viel Spaß… bestimmt.

Ich hoffe ich konnte dir ein paar vergnügte Stunden bereiten noch mehr hoffe ich das du auch hier und da lachen konntest.
Lasse dir versichert sein, alles was in diesem Buch steht ist genauso passiert und alle Akteure haben ihre Erlebnisse mehr oder weniger verarbeitet und mit allen bin ich auch heute noch befreundet. (Die lieben verwandten sind nach wie vor noch mit mir verwandt, was haben sie auch für eine andere Wahl?)
Solltest dir die Art wie ich schreibe gefallen möchte ich dir meinen Tiktok Account ans Herz legen, dort bin ich sogar manchmal live zu sehen.
Du findest mich unter: Autorin Michaela Ehlers….

Und Spaß gehabt?
Du möchtest gerne mehr?

Kein Problem, auf
Amazon.de findest du
Band 2 und demnächst
sogar Band 3.

Ach, bevor ich es vergesse,
mich findest du auch
auf tiktok.

Liebe Grüße
Michaela Ehlers